JN304400

鈴木英治

双葉文庫

目次

第一章 7
第二章 98
第三章 168
第四章 267

闇隠れの刃

口入屋用心棒

第一章

一

思い切り振りおろす。

大気が裂かれ、夜がつくる闇の幕が二つになって、だらりと垂れ下がる。

湯瀬《ゆせ》直之進《なおのしん》の瞳には、その光景がはっきりと映りこんでいる。だがそれは、自分が脳裏に思い描いているものとは、ほど遠い。

もし川藤仁埜丞《かわとうじんのじょう》が同じことをしたなら、真っ二つに割られた闇の幕は一瞬静止したのち、はらりと落ちていくのではあるまいか。

わずかなちがいかもしれないが、今は超えることのできない大きなちがいである。

主君の又太郎《またたろう》改め真興《さねおき》の推挙で、さる譜代大名から依頼されるはずの剣術指南役は、断ることにすでに決めている。

今の自分の腕では、恥ずかしくて指南役など、とてもつとまらない。身のほど知らずでしかない。断ることで真興の顔を潰すことにはなるだろうが、この腕で指南役を引き受けるほうが、よほど主君の面目《めんもく》を失わせることになるにちがいない。

腕前をあげる。直之進は身もだえするような思いで、それだけを望んでいる。ほかに願いはない。

もちろん、許嫁《いいなずけ》のおきくは無二《むに》の者で、これ以上ないほど大事に思っている。必ず幸せにしてみせると心にかたく誓っているが、剣に対する姿勢とは、目指す方向が明らかに異なる。

稽古をはじめて二刻半はすぎ、振りおろしの回数も三千を超えたのではないかと思える頃、直之進はようやく木刀の尖《さき》を下に向けた。両肩を大きく上下させ、深い息をつく。

刻限は九つをとうにすぎ、九つ半に近いのではあるまいか。井戸端にいた直之進は木刀を肩にのせて店《たな》に戻り、土間の甕《かめ》の水を飲んだ。

井戸で水を汲めればその場で体をぬぐうこともできて便利なのだが、この時間、上水から水は流れておらず、井戸は空《から》になっている。

江戸では水が貴重で、通水の刻限が決まっているのだ。朝のうち、女房衆が井戸端で声高に世間話をしながら洗濯にいそしんでいるのは、そのあいだ、井戸に水が流れこんできているからである。

渇きを癒したからといって、これでぐっすり眠れるかというと、そんなことはまずない。寝床に横になっても、むしろ目が冴えて、寝つけない。文机《ふづくえ》の前に座りこみ、とびきりむずかしい書物と向き合ったこともあるが、それもむなしい結果に終わった。

それで仕方なく、ここのところ深夜の町を歩きまわっている。町々の木戸は閉まっているが、木戸番にわざわざあけてもらってまで、直之進はあちこちうろついている。

手早く着替えを済ませた直之進は両刀を腰に差し、提灯《ちょうちん》に火を入れて、店の障子戸を閉めた。どぶ臭い路地を進むと、長屋の木戸に突き当たる。

この木戸も通常であれば、盗人《ぬすっと》などが入りこめないように暮れ六つに閉められ、閂《かんぬき》もおりる。外から帰ってきたとき、木戸のそばに居を構えている大家に頼めば、閂をはずしてもらえる。

直之進は、静かに門をあげた。自分が外に出ているあいだ、盗人などの賊が長屋に侵入してこないとは断言できないが、まあ、大丈夫だろう。長いこと、あけっ放しにしておくわけではないのだ。

大家に頼んで閂をおろしてもらうことも考えないわけではないが、この刻限だ、熟睡しているだろう。わざわざ起こすのも気が引けた。

直之進は通りに出た。深い闇に包みこまれた道に、人けはまったくない。眠れないからといって、夜の町を徘徊《はいかい》するような酔狂《すいきょう》をするのは、自分くらいのものなのである。

闇のなか、箒《ほうき》をかけるかのように砂埃《すなぼこり》をあげて風が吹き渡ってゆく。

提灯が風に揺れ、道の両側にずらりと並んだ商家を淡く照らしてゆく。大店《おおだな》もあれば、店の二階が住居になっている小店もある。

いずれもきっちりと戸締まりがなされ、ひっそりと闇にうずくまっていた。これで、夜が明ければどの店も人々がひっきりなしに出入りし、暖簾《のれん》が休まる暇もないほどなのだ。

直之進は急ぐことなく歩を運んだ。ゆとりをもって歩くことで、木刀を振るって酷使された筋肉がほどよくほぐされるのか、気持ちがゆったりしてくる。これが眠気を誘ってくれるのである。

　四半刻ばかり歩いているうちに、あくびが二つ、続けざまに出た。

　直之進はすぐさまきびすを返した。長屋に帰り着く頃には、きっとあらがいがたい眠気に襲われていることだろう。それで寝床に横になれば、朝まで目を覚ますことなくぐっすり眠れる。

　だが、ほんの一町も行かないうちに妙な気配を嗅《か》ぎ、直之進は足をとめた。それがなにかわからないままに提灯を吹き消し、大店の軒下《のきした》に身を寄せた。片膝をついて、あたりの様子を探る。

　自分を害するような、殺気の類《たぐい》を感じたわけではない。じっとりと粘るようないやな気配がどこからかにじみ出てきたのを、肌が覚ったのである。

　――あそこか。

　直之進は、米の看板が掲げられているはす向かいの店を見つめた。間口が優に十間はある大店である。

　屋根に上げられている扁額《へんがく》に大内屋《おおうちや》と黒々と記されている。それが闇に溶けることなく、くっきりと見えている。

　じっと見ているうちに、店の右側に口をあけている路地から、数人の男が姿を見せた。いずれもほっかむりをしている。大通りに出て、ずらりと勢ぞろいした。

男は全部で五人いる。長刀を一本、腰に差した男が前に出、一人も欠けていないのを確かめたのか、深くうなずいてみせた。

あれが頭《かしら》だろうか。屈強な体つきをした右端の男が、千両箱を楽々と担《かつ》いでいる。

刀を帯びているのは頭らしい男だけだが、物腰と目の配り方から相当の腕前であるのが知れた。侍だろうか。やり合って、勝てる自信を直之進は持てない。

だからといって、おめおめと引き下がるつもりはない。あの五人は盗賊以外の何者でもないのだ。ここで出会ったのも、なにかの縁なのだろう。天が直之進に、捕らえろと命じているのかもしれなかった。

そういえば、と直之進は思いだした。ここ最近、府内を荒らしまわっている盗賊がいる。義賊《ぎぞく》と評判の者たちである。買い占めを行っているといわれる大店に盗みに入り、大金を奪ってゆく。

これまでに、三軒の店が盗みに入られたのではなかったか。人を殺《あや》めたことはない。傷つけたこともない。

義賊といっても、庶民に金を分け与えているわけではない。名ばかりにすぎず、どうせ金目当てだろう。

これまで人を害していないといっても、たまたまにすぎず、結局のところ、金のためなら、殺しも平然と行うのではないか。

大内屋の者はどうしたのか。まさか殺《や》られてしまったのではないか。店は静かで、人が騒いでいるような物音はしない。

賊どもから、血のにおいは漂ってこない。そのことが惨劇の起きていない証にはなり得ないが、大内屋の者たちは無事なのではないかと、直之進に感じさせるには十分だった。

頭の合図とともに、男たちが道を東に取った。ほとんど足音を立てない。ひたひたと、忍び足のようなかすかな音が耳に入りこんでくるだけだ。

ここで追いすがり、背後から襲いかかるのはたやすい。

だが、直之進はまずはあとをつけることにした。賊の隠れ家を突きとめ、それを町奉行所に通報したほうが確実に捕らえられるのではないか。

なにしろ相手は五人である。この闇だ、下手《へた》に手を出して、一人一人別々の方向に逃げられたら、どうしようもなくなる。

縦一列になった賊どもは頭らしい男を先頭に、星明かりがつくる物陰を選んで小走りに行く。

直之進は賊どもに気づかれないよう、二十間ほどの距離を置いてつけていった。

やつらは町々の木戸はどうやって抜けるつもりなのか、と直之進は注目していた。木戸の脇には番屋があり、番太郎《ばんたろう》とも番太《ばんた》とも呼ばれる木戸番がそこで寝起きしている。

木戸が閉まっているとき、通常は木戸番に頼んであけてもらうのだが、まさかやつらが木戸番に声をかけるはずがない。

最初の木戸が近づいてきた。直後、直之進は瞠目《どうもく》することになった。賊どもは猿のように木戸に取りついて、ひらりひらりと音もなく飛び越えていったのである。

木戸の高さは厳密に決められていないようでまちまちだが、闇の先に見えている木戸は七尺以上は優にあるはずである。それなのに、賊どもにとってその高さなど、ないに等しかった。

あのように音もなく越されたら、仮に木戸番が起きていたとしても、まったく気づきはしないだろう。

直之進も木戸に取りついた。登り、そして降りる。前を行く賊どもに、つけていることを覚らせるわけにはいかない。音を立てないように気を使った。

走り続けている以上、木戸は次々に迫ってくる。直之進は登り降りを何度も繰り返した。こういう鍛錬はしていないから、さすがに息が切れ、喉が痛くなってくる。賊どもがそんなに速くは走っておらず、見失うようなことにならないのは幸いだった。

追跡が八町ばかり続いたとき、賊どもが不意に大通りを折れ、狭い路地に入っていった。

——あんなところに入ってゆくとは。もしかすると隠れ家は近いかもしれぬ。

直之進の胸は高鳴った。

路地が近づいてきた。直之進は、いきなり飛びこむような真似はせず、これまで以上に慎重に賊どもの気配を探った。ひたひたという足音が遠ざかってゆく。

それを確かめて、路地にするりと身を入れた。

いきなり剣気に包みこまれた。頭上から光の筋が落ちてくる。

——待ち伏せだ。気づかれていた。

斬撃は目にもとまらぬ速さだったが、直之進はうしろにはね跳んで、それをかわそうと試みた。

だが正直、やられたと思った。襲いくる刀自体が意志を持っているかのようにぐんともうひと伸びし、逃れようとする直之進を追ってきたからだ。

それでも、気持ちとは裏腹に直之進の体は勝手に動いていた。思い切りひねったのである。その動きのおかげで、刀はかろうじて鼻先をかすめるようにして通りすぎていった。

ほっとしたのも束《つか》の間《ま》、刀が下段から振りあげられてきた。直之進は横にさっと動いた。今度は刀が顎《あご》のすぐ先を抜けていった。うしろに動いていたら、やられていた。

体勢をととのえる間もなく、突きが繰りだされた。直之進はしゃがむようにして、なんとかかわした。

すぐに、刀が頭めがけて落ちてきた。それは横に体を投げだすことで逃れたものの、直之進は這《は》いつくばっていた。いつしか、路地から大通りに出ていることに気づく。

直之進に立ちあがる隙を与えず、串刺しにしようと狙っている。直之進は地面をごろごろと転がった。

体があったところに、刀がぐさりぐさりと音を立てて突き刺さってゆく。今にも体を縫われるのではないかという恐怖に、直之進は必死に耐えた。

体が、どんと衝撃を受けてとまった。商家の塀にぶつかったのである。

それを見逃さず、刀がぐんと伸びてきた。

もはやどうあっても逃げ場はないように感じたが、直之進は地面に横になったまま、自らの体をぐいっとねじってはねあげた。体が浮きあがる。地面と体のあいだにできた隙間に、刀が吸いこまれた。

奇跡としか思えなかったが、賊は目測《もくそく》を誤ったようだ。ほかに賊がはずした理由は考えられなかった。

刀がすぐさま引かれる。その間に直之進は中腰になり、横に跳んだ。刀が横に払われる。直之進はそれもぎりぎりでかわした。なんとか体勢を立て直したかったが、そうはさせじとばかりに執拗《しつよう》に刀は追ってくる。

上から斬り下げられ、下から振りあげられ、横に払われ、突きが見舞われる。

直之進は、目にしているのは刀ばかりで、賊の姿をまったく見ていないことに気づいた。常に死角に入るようにしているのか。

敵の攻撃は疲れを知らず、直之進は息を継ぐ暇がない。つけられていたことに気づかなかった腹立ちを抑えかねているのか、賊の刀はすさまじい剣気をはらんでいる。ただ逃げまわるだけの直之進をなかなか始末できない苛立たしさも、怒りの炎に油を注いでいるようだ。

直之進は持ち前のしぶとさを活かし、なんとか刀をかわし続けた。自分としては逃げているばかりではなく、反撃の糸口をつかもうとしているのだが、賊の斬撃の鋭さの前にどうしても守勢一方になってしまう。

直之進は用水桶の陰にまわりこんだ。真上から振りおろされた刀が、用水桶を一瞬でばらばらにした。

それを突っ切って、刀がまっすぐ突きだされた。いきなりの刺突《しとつ》に直之進は心底驚いたが、首をひねってかろうじてかわした。勢い余った刀が商家の壁に突き刺さる。

ほんの一瞬、刀が引き戻されるのが遅れた。すかさず直之進は立ちあがり、刀をすらりと抜いた。正眼《せいがん》に構え、賊に向かい合った。

途端に背筋が冷えた。目の前にいるはずの賊の姿がない。

背後にまわられたということではない。直之進の目に、刀だけしか映っていないのである。これまで刀しか目に入らなかったのは、そういう技だったのだ。刀は正眼に構えられており、直之進に刀尖《とうせん》が向いている。だが、そのうしろにいるはずの賊の姿が見えない。

刀の向こう側の景色が透けて見えるわけではないから、賊がそこに立っているのは確かなのだろうが、闇に溶けこみ、姿を隠す術《すべ》を身につけているのだ。ご丁寧なことに、腰に差しているはずの鞘《さや》すら見えないのだ。

賊の刀は宙に浮いているように見える。柄《つか》を握っているはずの手も見えない。目の当たりにしている今も、こんな技があるなど信じられない。敵の姿は、むろん見えているほうが戦いやすい。こいつは相当厄介《やっかい》だ。

これだけの技をどうやって身につけたのか。賊はいったい何者なのか。本当に、ただの盗賊の頭なのか。

——少しは俺の腕前があがったのだろうか。

得体《えたい》の知れない遣い手と対峙《たいじ》しているにもかかわらず、直之進には、そんなことをちらりと考える余裕があった。これだけの遣い手に待ち伏せされ、不意打ちを食らったのに、こうして生きている。刀を構えている。

もし毎晩の稽古を欠かしていたら、こうはいかなかったのではあるまいか。とっくにお陀仏《だぶつ》になっていた気がする。日々鍛錬の継続がいかに大事であるか、あらためて知った。おのれに課した厳しい稽古が無駄にならなかったことが、なによりうれしかった。

直之進は、ひそかに息を入れた。今はどうすればこの見えない難敵を倒すことができるのかが、差し迫った問題である。

生きて捕らえるのはむずかしい。見えない賊に傷をつけて動けなくすることなど、できはしない。手加減などしていたら、こちらが殺される。

殺すしかない。正直なところ、賊のほうが腕は上である。殺《や》られるのは自分かもしれない。それでも、ここで逃げるわけにはいかない。

行くしかない。

覚悟を決めた直之進は、眼前の刀に向けて突っこもうとした。

だが、その前に背後からひたひたという足音をきいた。足音は一つ。賊の一人がまわりこんだようだ。すでに間近に迫っている。

直之進はそちらに向き直った。匕首《あいくち》らしい光が闇にきらめき、直之進を狙う。

それを直之進は軽々と打ち払った。甲高《かんだか》い鉄の音を残して、匕首が左側に飛び、闇にあっさりとのみこまれた。ずっと頭《かしら》の斬撃を受け続けていたから、直之進には匕首の動きがやけに緩慢《かんまん》に見えた。

大きく踏みだすや、影に向かって刀を振りおろした。影が泡を食ったように飛びすさる。直之進は追いすがろうとした。

「ちっ、余計な真似を」

頭らしい男の舌打ちが耳に入る。低くて、しわがれた声だ。

直之進はさっとそちらに顔を向けた。剣気がふくれあがっている。直之進は、賊の間合に完全に入っていることを知った。刀が上段から存分に振りおろされる。このときも腕すら見えなかった。

直之進はうしろにはね跳んで、斬撃を避けた。かなり余裕を持ってかわしたつもりだったが、刀はまたも鼻先をよぎっていった。

刀はそれ以上、追ってこなかった。気づくと、賊の刀が眼前から消えていた。

直之進が斬りつけた賊の姿もない。知らないうちに闇に溶けていた。

――去ったのか。

取り逃がしたという思いが心の奥底から湧いてきたが、今は生きていることを直之進は喜びたかった。それだけ賊の頭は強かった。

もし賊の一人がうしろにまわりこまなかったら、どうなっていたか。余計な真似を、との頭のつぶやきがよみがえる。頭は正面からやり合っても、直之進を屠《ほふ》る自信があったのだろう。

確かに、実力の差は歴然としていた。だが、その差を覆せるだけの力を近い将来、必ず身につけることを直之進は誓った。

どこにも傷を負っていないことを確かめる。あれだけやられ放題にやられながら傷一つないなど、自分のしぶとさをほめたくなる。とはいっても、一度も攻撃に転じられなかった事実がいやでも心に突き刺さるが、いつか必ず攻勢に出られるようになってやるさ、ともう一度思った。

さて、どうするか。

ずっと走り続けてきた大通りを振り返って、直之進は考えた。大内屋という米問屋が襲われ、金を奪われたのは紛《まぎ》れもない。このまま放っておくわけにはいかない。

町奉行所に届け出るのが最もよい。その前に、直之進は自分が今どこにいるのか、知ろうとした。町奉行所に行くにしろ、道がわからなければ話にならない。

だが、ここがなんという町なのか、江戸の地理、地勢に明るいとはいえない直之進にはさっぱりわからない。闇の沼に家々はひっそりと沈み、人々はいつ起きだしてくるとも知れない。

とりあえず手近の町木戸の番太を起こし、町奉行所に走ってもらうのが最良の手立てではないか。

そう判断した直之進はあたりを見まわした。

闇の先に薄ぼんやりと見えている木戸を目指し、歩きはじめる。

二

叩き起こされるのに慣れているのか、若い番太は寝ぼけることなく外に出てきた。

「お通りですかい」

木戸の脇にしつらえられているくぐり戸を、直之進に指し示す。

かぶりを振った直之進は、あらましの事情を告げた。番太が驚いて息をのむ。

「例の盗人がまたも出たんですかい。ええ、ええ、わかりました。急いで御番所に知らせてまいりますよ」

「奉行所は近いのか」

「そうでもありませんが、走れば、半刻ほどで往復できます。ひとっ走り行って、すぐにお役人を呼んでまいります」

片道で四半刻、町奉行所までおよそ一里という見当か。

「かたじけない。俺は大内屋の様子を見てくる。あちらで役人の到着を待っている」

「米問屋の大内屋さんですね。ええ、存じあげていますよ。必ずお役人に行ってもらうようにいたします。あの、お侍のお名は、湯瀬さまでございましたね」

「そうだ。湯瀬直之進という」

「承知いたしました。では、さっそく行ってまいります」

奥から出てきた女房らしい女に、番太が声をかける。

「ちっと出てくるぜ。あとを頼む」

「あいよ」

直之進は、提灯に火を入れるや木戸番屋を飛びだしていった番太を見送った。

提灯の灯《あかり》が、あっという間に薄れて見えなくなった。

その方角を、そっと道に出てきた女房が案じ顔で見つめている。木戸番は独り者しか雇われないときいたことがあるが、実際には夫婦者が多い。

「心配か」

女房が直之進を見あげる。

「いえ、そんなことはありませんけど、闇に消えていくのを見るのは、なにかいつも心細くて……」

「すまぬな。俺が面倒を持ちこまねばよかったのだが」

「いえ、そういうわけにはまいりせんよ。こういうときのために、私どもは給金をいただいているのですから」

町の平安を守るために、町木戸は明け六つにあけられ、夜の四つに閉められる。木戸番屋に詰めている番太は、犯人捕縛のためにいちはやく町木戸を閉めることもある。閉めたはいいが、もしそこに賊が逃げ場を求めてやってきたら、番太も命を張らなければならない。

番太が殺されたという話を直之進は耳にしたことはないが、江戸開闢《かいびゃく》以来、一度もないということはあるまい。

「給金は安いときくぞ」

女房が苦笑を頬に浮かべる。

「でも、冬になれば焼芋を焼く許しをいただいています。これがたいそう評判がよいもので、とてもありがたく思っています」

公儀が火事をひどく恐れるために、火を使うことを禁じられている店は少なくないが、木戸番屋にはそれがない。堂々と焼芋を売ることができる。これが番太たちにとって、大きな収入になっているらしい。

「それにしても、頼りになるよい亭主だな」

直之進がいうと、女房が丸顔にえくぼをつくってにっこりと笑う。

「はい、私もそう思います」

直之進は木戸番屋をあとにした。


足をとめた。

提灯を高く掲げる。

夜空を背景に、大内屋の扁額が直之進を見おろしている。

星たちはわずかに光を弱めてきている。夜明けが近いのだ。

直之進は戸を叩いた。しばらく待ってみたが、応《いら》えはない。

何度も叩いた。だが、なかからはなんの返事もない。

やはり殺られてしまったのか。

いやな汗が背筋を伝ってゆく。きびすを返した直之進は、賊どもが出てきた路地に入った。高い塀が続いており、それに沿って進むと、裏口に突き当たった。

直之進は小さな戸を押してみた。案《あん》の定《じょう》、きしむ音を残して力なくあいた。賊どもはここから出てきたのだろう。

「入るぞ」

大声をかけておいて、敷地に足を踏み入れた。狭い庭の向こうに、母屋《おもや》が建っている。直之進は、沓脱《くつぬぎ》の置かれた縁側のそばに立った。沓脱の上には、草履《ぞうり》がのっている。雨戸はどこもきっちりと閉まっており、かしいだりしているところはない。やつらはいったいどこからなかに入ったのか。いや、それとも母屋には入っていないのか。

直之進は、右手に二つの蔵が建っているのを見た。奥の蔵が破られているのが夜目《よめ》にもわかる。いかにも重そうな蔵の扉があいていた。やつらは母屋には見向きもせず、蔵だけを狙ったのか。だが、どうやってあの扉をあけたのだろう。蔵の扉には頑丈な錠がおりているはずである。

直之進は奥の蔵に歩み寄った。驚嘆して目をむいた。戦慄《せんりつ》が背筋を走り抜けた。

文字通り、真っ二つにされた錠が地面に落ちている。鮮やかな切り口に星明かりが当たり、かすかに光を放っている。

これは、まちがいなくあの頭の仕業《しわざ》だろう。すさまじいとしかいいようがなかった。自分にはこんな真似はできない。

よく生きていられたものだな。直之進はあらためて思った。

三段の階段に足をのせ、蔵をのぞいてみた。かび臭さが這い出てきている。暗さの詰まった蔵のなかに、千両箱は見当たらない。

手前の蔵には、米が蓄えられているようだ。こちらの扉にはがっちりと錠がおりていた。

直之進は母屋の前に戻った。

「おい、いるか」

もう一度、なかに声をかけてみた。だが、相変わらず返ってくるのは沈黙のみだ。

直之進は雨戸を激しく叩いた。母屋のどこにもやられた形跡がない以上、店の者はなにも知らずに眠っているのではあるまいか。

かまわず叩き続けていると、ようやく返事があった。

「あの、どちらさまでございますか」

声は明らかにおびえている。直之進は名乗り、蔵が盗人によって破られたことを告げた。

「ええっ、盗人にございますか。どういうことにございましょう」

蔵を破られたときけばすぐに飛びだしてくると思っていたが、その当てははずれた。

「おぬし、あるじか」

「は、はい。さようにございます」

直之進はもう一度、蔵が破られたといった。

「賊は千両箱を持っていったぞ。早く確かめたほうがよいのではないか」

やはり、目の前の雨戸があく気配はない。直之進は蹴破りたくなったが、あるじの気持ちはわからないでもない。雨戸をあけさせるための方便ではないかと、警戒しているのである。

あるじのそばには、家人だけでなく女中たち奉公人もやってきて、耳を澄ませているのが気配から伝わる。

直之進は辛抱強く、なにが起きたか説明した。

「あの、盗人が千両箱を持っていったとおっしゃいましたが、それはまことのことでございましょうか」

「嘘はつかぬ。蔵にあった千両箱はただの一つではなかったか。今はもうないぞ。よいか、俺は雨戸をあけさせるために、こんなことを申しているわけではない。真実を語っているだけだ」

ひそひそと家人たちが話し合っている気配が伝わる。

「あの、もう一度お名をいただけますか」

いったいどこまで用心深いのか。直之進はあきれながらも名を口にした。

「湯瀬直之進さまでございますね」

ようやく雨戸があけられ、あるじらしい男が顔を見せた。まだ三十になって間もないだろうか。このくらいの歳の頃なら年寄りとちがい、眠りが深くても仕方ないだろう。

あるじの背後で、小さい子供を抱いた女房らしい女と、数人の女中が顔を寄せてこちらをじっと見ている。

あるじが直之進に目を据える。小さい顔に目がくりっとし、男にしてはかわいらしい顔立ちをしている。寝巻姿で、ついさっきまで眠りの海をたゆたっていたのが知れた。

「あの、蔵が破られたとのことでございますが、千両箱がないというのはまことのことにございますか」

あるじがおずおずと口にする。

「そのことは先ほどから申しておろう。まことのことだ。ただし、自分の目で確かめずには信じられまい」

直之進は蔵のほうを指さした。蔵の扉があいているのを見て、あっ、とあるじが叫ぶ。あわてて沓脱の上の草履を履き、蔵の前にすっ飛んでいった。

蔵のなかを見て、ああ、と悲鳴を発して頭を抱え、くずおれる。家の者や奉公人たちもぞろぞろと出てきて蔵の前に立ったが、いずれもなかをのぞきこんだまま、声をなくしていた。

直之進はなんといってよいかわからず、すでに役人は呼んである、とだけ告げた。その声が大内屋の者たちの耳に入ったかどうか、判然としなかった。

その後、待つほどもなく、先ほどの番太が役人と中間《ちゅうげん》数人を連れてやってきた。

樺山富士太郎《かばやまふじたろう》の縄張内で起きた事件だけに、本人と珠吉《たまきち》がやってくるかと思ったが、姿を見せたのは町奉行所の宿直《とのい》の者のようだ。

いろいろと事情をきかれたが、直之進は事実だけを淡々と語った。それ以外、できることはなかった。

役人は、どうしてそんな刻限に町をうろついていたのか、ときいてきた。そのことはさっき説明したばかりだったが、役人の疑い深そうな眼差《まなざ》しからして直之進を怪しんでいるのは明らかだった。もう一度説明させて、辻褄《つじつま》の合わないところを突こうとしているのである。

どうしてこんなどうしようもない考えに至るのか、直之進は役人の頭のなかをのぞいてみたかったが、最近どうも寝つかれず、眠くなるまで町をうろうろするのが常になっているのだと忍耐強く繰り返した。

直之進のいい分にはぶれがなく、筋道が通っているのを役人としても認めざるを得なかったようで、不承《ふしょうぶ》不承《しょう》うなずいた。

役人は五人の賊の人相を知りたがったが、ほっかむりをしていたこともあり、直之進に伝えられることはほとんどなかった。

頭一人だけが刀を帯びており、その頭が恐ろしいまでの遣い手だったことを述べた。そのことは真っ二つにされた錠を見て、納得したようだ。常人にできることではない。直之進に対する疑いをまだ解いていないのか、湯瀬どのにこういうことができるのか、となおもきいてくるので、それがしにはできぬ、とはっきりと伝えた。

また、見えるのは刀のみで、賊の姿が闇に溶けこんでしまう剣についても直之進は語った。だが、役人が剣について信じた様子はなかった。闇に姿が溶けるなど、そんな妙な刀法があるものか、きっと闇に紛れたにすぎまい、と思っているのは一目瞭然《いちもくりょうぜん》だった。

このあたりが、富士太郎とこの手の役人とが異なるところである。富士太郎ならば、相手が仮に直之進でなくても、まずありのままに話を信じるだろう。そして、そこを糸口に探索をはじめてゆくはずだ。そのような珍しい剣が、大きな手がかりになることを熟知しているからである。あり得ぬと一蹴することは決してない。

このところ、若い富士太郎が町奉行所内で地道に成果を上げているのは、そういう素直さが探索に如実《にょじつ》にあらわれているからに相違ない。

この分では、と直之進は目の前のやや歳のいった役人を見つめて思った。あの盗人連中を引っ捕らえるまでに、相当のときがかかるにちがいあるまい。

富士太郎と珠吉が本腰を入れてやらぬ限り、永久につかまらないかもしれない。

その点では、やつらはしくじったといえるのではないか。定廻《じょうまわ》り同心《どうしん》として異例の若さを誇る富士太郎の縄張内で盗みを行ったからである。富士太郎が若くして抜擢《ばってき》されたのには、それなりの理由があるのだ。

盗人たちを本気で捕らえにかかるであろう富士太郎と珠吉に、ここで話した自分の言が漏らさず伝わればよい、と直之進は思った。特に、頭の剣について富士太郎には細大漏らさず知っておいてほしかった。

そうすれば、富士太郎と珠吉は、賊のもとに必ず行き着くにちがいあるまい。

直之進が長屋の木戸をくぐったとき、空は白々としはじめていた。今がまさに明け六つである。長屋に賊が侵入したような形跡はなかった。さすがにほっとする。

寝ていないが、眠気はない。

やはり、盗人の頭にはあまりに似つかわしくない、すごい遣い手とやり合ったことがいまだに血を沸き立たせているのだ。

直之進は自分の店に入ろうとして、素早く振り返った。大家の家の軒下に、人が立っていることに気づいたからだ。

「湯瀬さま」

大家の豪右衛門《ごうえもん》だった。瓢簞《ひょうたん》のように細長い顔をしかめて、直之進を見つめている。

「困りますなあ」

「木戸のことか」

「はい、さようで。あけっ放しで出かけるなど、とんでもないことですよ」

「すまぬ。すぐ戻るつもりでいた。それゆえ、おぬしに声をかけなかった」

「いつ出られたのです」

「九つ半くらいだ」

「えっ、そんなに前なのですか。湯瀬さま、朝帰りとはよいご身分ですな」

直之進はなにがあったか、事情を説明した。豪右衛門が小さな口をあんぐりとあける。

「ええっ、また例の盗賊が出たのですか。それと湯瀬さまがやり合った……」

豪右衛門が直之進をまじまじと見た。

「お怪我は」

「運のよいことに、どこにも負っておらぬ」

「それはよかった」

心からいってくれているのがわかる。豪右衛門は口うるさいことで煙《けむ》たがられることも多いが、それは情け深さから出てきているもので、実のところ、店子《たなこ》たちからとても慕《した》われている。むろん、直之進も同じである。

「とにかくご無事でよかった」

「とっつかまえることができたら、なおよかったのだが」

豪右衛門が微笑する。

「まあ、湯瀬さまになにもなかったことを喜びましょう。また賊どもと縁があれば、つかまえられるときもやってきますゆえに」

「うむ、そのときを楽しみに待つことにするかな」

「寝ておられないのでしょう。ゆっくりとおやすみください」

「かたじけない」

直之進は一礼し、店に入ろうとした。

「湯瀬さま」

背中に声がかかり、直之進は振り向いた。豪右衛門が瞬《また》きのない目で見ている。

「今度お出かけになるときは、深夜であろうとなんであろうと、手前にお声をかけてくださいましね」

「ああ、よくわかった。済まなかった」

豪右衛門が表情をゆるませる。

「いえ、おわかりになればよろしいのですよ。では、手前はこれで」

豪右衛門が木戸脇の家に入っていった。直之進も障子戸をあけて土間に立ち、後ろ手に障子戸を閉めた。ふう、と息をつく。

疲れたな、とのつぶやきが口から漏れた。さっきまで感じていなかった強烈な眠気が襲ってきている。

これはたまらんな。

すぐに出かけるつもりだったが、耐えきれそうにない。半刻だけ眠ろうと心に決めて直之進は四畳半にあがり、両刀を刀架《とうか》にかけるや、敷きっ放しの布団の上に倒れこんだ。

目をつぶる。あっという間に眠りの坂を転げ落ちていった。

はっと目が覚めた。

陽射しが障子戸に映っている。

直之進はゆっくりと上体を起こした。だいぶ寝たのはまちがいない。いま何刻だろう。どこからか煮物のにおいがしている。もう朝ではない。昼餉《ひるげ》の支度《したく》をしているのではあるまいか。

寝すぎたな。

直之進は顔をしかめた。ほんの半刻のつもりが、三刻は眠ったことになる。なんと怠惰《たいだ》な、と思うが、済んでしまったことを悔やんでもしようがない。

気持ちを切り替えて、直之進は素早く起きあがった。腹が空《す》いている。ここにはなにも食べ物はない。米の買い置きはもちろんあるが、今から炊《た》くのは面倒くさい。

米田屋《よねだや》に行けばなにか食べさせてくれるだろうが、毎度毎度甘えるのは申しわけない。どうせ出かけるのだ、近所で腹ごしらえをする気になった。

両刀を腰に差し、土間で雪駄《せった》を履いた直之進は障子戸をあけて表に出た。昨夜木刀を振るった井戸端に、女房たちの姿はない。それぞれが昼餉の支度にいそしんでいるのか。手習所《てならいじょ》に通っている子供は、たいていが昼食をとりに家に戻ってくる。

雲一つなく晴れ渡った空には太陽が明るく輝いているものの、季節が冬ということもあり、日光はさほど強いものではない。それでも、吹き渡る風が秋のようにすがすがしく、物干し竿にかけられた洗濯物は気持ちよく乾くはずだ。

直之進は長屋の木戸を抜けようとした。ちょうど、大家の豪右衛門がどこから戻ってきたところだった。爪楊枝《つまようじ》を口にくわえているから、なにか食べに出たのだろう。豪右衛門は何年か前に連れ合いを亡くし、以来、独り身だそうだ。

「おや、湯瀬さま、お出かけですか」

「うむ。昨夜は済まなかった」

「いえ、そのことはもう済んでおります。お気になさいますな」

「かたじけない」

「湯瀬さま、どちらにお出かけですか」

「ちと知り合いのところだ」

木戸を抜けて直之進は通りに出た。いつものことだが、大勢の者たちが行きかっている。直之進は一瞬で、その者たちのつくる波にのみこまれた。

さて、いらっしゃるだろうか。

直之進は考えたが、別に約束しているわけではないから、いなくとも文句をいう筋合いではない。家もそんなには遠くないから、留守でも別にかまわない。もちろん、できたらいてほしいというのが本音だ。

途中、蕎麦切《そばき》りで腹を満たした直之進が次に立ちどまったのは、神田小川町の一画に建つ一軒家の前である。

まわりを木塀が囲み、北側に立派な冠木門《かぶきもん》が建っている。そこをくぐると、両側から生垣《いけがき》が迫る小道が続き、やがて枝折戸《しおりど》に突き当たる。

枝折戸をあけて入ると、手入れの行き届いた庭に出る。庭の草木は小春日和《こはるびより》の穏やかな風を受けて、ゆったりと揺れている。

目の前に母屋が建っている。部屋は、全部で五つある。屋根瓦が陽射しを弾いて輝き、柱や壁も鈍い光を帯びている。まだ建ってから間もない家である。

どこか瀟洒《しょうしゃ》な感じがするのは、大名家の一族である房興《ふさおき》が住んでいることも関係しているのか。

この家は真興の意を受けて、米田屋光右衛門《みつえもん》が周旋《しゅうせん》したものである。顔が広いだけあって、光右衛門はよい家を見つけてきたものだ。このあたりは、さすがとしかいいようがない。

直之進は母屋を見つめた。人けが感じられない。なんの物音もきこえてこない。障子はすべて閉まっている。この家には房興と川藤仁埜丞が暮らしているが、二人で他出しているのかもしれない。

直之進は、ごめんと一応、訪《おとな》いを入れた。

だが、母屋は静寂の幕に覆われたままだ。

やはりお留守のようだな。仕方あるまい。寝すごしておそくなったのが悪いのだ。もっとも、はやく来たからといって、二人に会えたかどうかはわからない。

ここまでやってきたのは、仁埜丞に剣を教えてもらうことを請《こ》うためだった。

仁埜丞はなにしろ尾張徳川家の元家臣で、柳生《やぎゅう》新陰流《しんかげりゅう》の達人である。

柳生家は江戸に嫡流の家があるが、柳生新陰流の正統は尾張家にあり、仁埜丞はそのなかで最も強いといわれた男なのだ。

一度、仁埜丞とは真剣で戦い、その強さに直之進は叩きのめされた。自分の未熟さも思い知った。もう一度、鍛え直す必要を感じ、仁埜丞に弟子入りをしたいと考えているのである。

直之進も譜代の大名家の家臣だけに、柳生新陰流は習ったことがある。仁埜丞に剣を教えてもらうことで、なんとしても必殺の剣を会得《えとく》したかった。

また出直せばいいさ。

直之進は房興の家を出た。これからどうするか。米田屋に行くか。おきくの顔を見たくなっている。

このところ会っていない。剣の稽古に熱中し、もう四日は顔を見ていないのではないか。沼里から帰ってきて、こんなに間が空《あ》いたのは初めてだ。おきくは、きっと心配していよう。元気な顔を見せてやらなければ、と直之進は思った。

米田屋に向かって、足早に歩きはじめる。

途中、直之進は見知った顔を見つけた。その二人組は遅い昼食をとったのか、蕎麦屋の暖簾を外に払ったところだった。直之進は急ぎ足で近づいた。

「登兵衛《とうべえ》どの、和四郎《わしろう》どの」

声をかけると、驚いたように二人がこちらを向いた。直之進を認めて、二人とも満面の笑みになる。

「おう、湯瀬さまではありませんか」

登兵衛がていねいに辞儀をする。

「ご無沙汰してしまい、まことに申しわけないことにございます」

「湯瀬さまにお会いしたかったのですが、なかなか顔をだせずに失礼いたしました」

和四郎も頭を深々と下げる。

「いや、そんなことはどうでもよい。お二人とも忙しいのであろう」

二人とも侍の格好をしている。それも当然のことだ。この二人は、勘定奉行枝《えだ》村《むら》伊《い》左《ざ》衛《え》門《もん》の家臣なのである。

以前、直之進は札差に身分をかえた登兵衛の依頼を受け、和四郎とともに腐《くさ》り米《まい》の疑惑について探索を行ったことがあった。和四郎とは生死をともにした仲である。

直之進たちは近くの茶店に入った。茶を喫《きっ》しながら、積もる話をした。いま登兵衛と和四郎は平穏のなかにいるとのことだ。

「こんなに長く探索の仕事に関わらぬのは、いつ以来か、わからぬくらいです」

和四郎がゆったりと背筋を伸ばしていった。

「でも湯瀬さま」

登兵衛が声をひそめる。

「もしかすると、また忙しくなるかもしれませぬ」

「それは、どういうことかな」

直之進も声を殺してたずねた。

「また公儀のお偉いほうで、なにか陰謀が進んでいるということかな」

登兵衛がむずかしい顔で首をかしげる。

「正直なところ、今はまだはっきりしたことはわかりかねます。もしかすると、再び湯瀬さまのお力を借りることになるやもしれませぬ」

幕府内の要人たちの勢力争いに絡んだことなのか、それとも、誰かが私腹を肥やすために汚いことをしているのか、あるいは、大名などの跡継《あとつぎ》に絡んでなにかあるのか。とにかく誰かが謀《はかりごと》をめぐらせているということなのだろう。

本当に登兵衛に呼ばれることがあれば、そのときもまた、和四郎と一緒に探索の海に身を沈めることになるのだろうか。

「そうだ、湯瀬さま、ききましたよ」

一転、和四郎が弾んだ声をだす。

「剣術指南役として、さる大名家に入られるのではありませぬか」

直之進は湯飲みを持つ手をとめ、目を丸くして和四郎を見た。

「どうしてそれを知っている」

和四郎がはっとする。

「いえ、湯瀬さまは有名なお方ですから、いろいろとお噂が入ってくるのですよ」

「俺が有名などということはあるまい」

「いえ、湯瀬さまはとても有名でございますよ」

和四郎に助け船をだすように、登兵衛が割って入ってきた。

「なにしろ将軍家をお救いになったではありませぬか」

それは事実なのだが、どこか妙な感じだ。直之進は二人を見つめた。

「登兵衛どの、和四郎どの、俺が指南役として仕えるという噂はどこから入ってきたのかな。俺は、どこの大名家に仕えることになっている」

登兵衛と和四郎がそろって首をひねる。

「いえ、それについては、それがしどもも耳にしておりませぬ。湯瀬さま、いずれはっきりするのですから、それはよろしいのではありませぬか」

そそくさと茶を飲み終わるや、二人は立ちあがった。直之進の分の代も払う。

直之進は頭を下げた。

「いえ、このくらいでお礼はいりませぬよ。湯瀬さま、お会いできて、とても楽しゅうございました。またお話をいたしましょう」

これから田端《たばた》村にある登兵衛の別邸に帰るのだという。二人は足早に去っていった。

直之進は、二人が見えなくなるまで見送った。どうして二人が自分の仕官話を知っているのか、やはり釈然としない。

仕官先が、勘定奉行の枝村伊左衛門の一族の大名ということなのか。それなら、二人が知っていても不思議なことはない。

だが、口どめというほど強いものではないにしろ、話題にするのは避けるようにいわれていたところに、和四郎が珍しく口を滑らせた感じだった。

もし枝村一族のほうから伝わってきたのなら、自分の仕官先について、二人が言葉を濁す必要はないのではないか。

真興からまだまったく詳しいことは知らされていないが、裏になにかあるということなのか。

真興はそのことを知っていたのか。

いや、我があるじはそういうお方ではない。

直之進は心中で首を振った。

もし裏があるとして、そのことを知っているのは、真興に話を持ってきた者ということになろう。

三

細い煙が立ちのぼってゆく。

冬とは思えない穏やかな風が吹きこんで、煙はあっさりとかき消される。

だが、地面に立てられた線香は風に負けじとばかりに次々に煙を吐きだしている。線香自体、だいぶ短くなってきていた。

房興は、手にしている大徳利《おおどっくり》を逆さにした。徳利の口を指で押さえつつ、酒を地面に振り撒いた。ほんのりと甘い香りが立ちのぼり、鼻孔をくすぐる。

あたりは、二百坪ほどの空き地になっている。冬枯れの草が風に揺れ、わびしさを誘っている。

不意に太陽が雲に隠れ、陽射しがさえぎられた。すると、急に肌寒く感じた。どこか江戸らしくない静謐さが、この空き地には漂っている。

「仁埜丞、ここで香苗《かなえ》どのは生まれ育ったのだな」

「さようにございます」

仁埜丞が深くうなずく。

「今は跡形もありませぬが、ずいぶん広い庭があったといっておりました。幼い頃、妻はその庭で、女中たちと隠れんぼなどをしてよく遊んだそうでございます」

房興は悲しげに目を伏せた。

「火事はつらいな」

香苗の実家はこの地で三十人ほどの奉公人を抱える油問屋を営んでいたのだが、火事で香苗を除く一家全員が焼け死んだ。香苗はそのとき尾張徳川家の上屋敷に奉公にあがっており、一人難を逃れたのである。

「はい、まさしくあっという間にすべてを奪ってゆきます」

仁埜丞が顔をあげた。香苗の位牌《いはい》を胸に抱いている。

「それでも、香苗はこうして戻ってこられて満足でしょう」

「香苗どのはここに戻りたがっていたのか」

「口にだすことはありませんでしたが、やはり生まれ育った場所ですから」

「そうよな。誰だって故郷は、常に胸中にあるものだ」

房興は、江戸に出るにあたり、いつまでも見送ってくれた母のことを思いだした。

仁埜丞が房興を見つめる。

「殿も沼里にお戻りになりたいですか」

房興は笑みを浮かべて首を振った。

「いや、今はまだそのような気持ちはない。いくらなんでも早すぎる」

「さようでございますな。江戸で暮らしはじめて、今日でちょうど十日目でございます」

「ほう、そうか。もう十日になるか」

「はい、日がたつのは実に早いものでございます」

房興は地面に目を落とした。

「すまなかったな、仁埜丞」

仁埜丞が不思議そうにする。

「なにがでございますか」

「ここに来たいというそなたの気持ちを汲み取ることができず、わしは自分のことばかり考えていた」

「殿は我が主君でございます。それがしのことを考える必要はございませぬ」

「そうはいかぬ」

房興は強い口調でいった。

「仁埜丞はわしの唯一無二の家臣よ。慈《いつく》しまねばならぬのは当然のことだ」

「ありがたいお言葉でございます」

仁埜丞が感激の面持ちで頭を下げる。房興は、風に鬢《びん》をなぶらせた仁埜丞の横顔を見つめた。

「ここで火事が起きたのは五年前だったな。火事はなにが原因だった」

仁埜丞が目をあげる。

「近所の失火と妻よりきいております。どうやら、煙草《たばこ》の火の不始末ではないかということでした」

「寝煙草かな」

「そうかもしれませぬ。近所の長屋が火元だったそうですが、そこの住人が煮売り酒屋でしこたま酒を飲んで帰ってゆくのを何人かが目にしています。寝床にもぐりこんで一服しようとしたものの、酔っ払ってそのまま寝こんでしまったのかもしれませぬ。その者も、焼け死んだときいています」

房興は顔を伏せ、瞑目《めいもく》した。

「それで巻き添えを食って、香苗どのの家人たちは亡くなったのか。無念よな」

「売り物が油でなかったら、逃げられていたのかもしれませぬが」

「油に火がついたのか」

「はい、一瞬にして建物に火がまわったそうでございます。家人たちは、奉公人に先に逃げるようにいっていたそうでございます。それで、結局、逃げ遅れて……」

奉公人も、全員が無事というわけではなかった。二人の番頭を含め、主だった者が五人も焼死した。

そうであったか、と房興は、今はもう火事の痕跡などどこにも見当たらない空き地を見まわした。

「それにしても、ここだけどうして家が建たぬ。商売をするのには、都合のよい場所であろうに」

仁埜丞が苦笑する。

「嘘か真か存じませぬが、出るのだそうでございます」

「出るというと、幽霊か」

「はい。土地の者がその幽霊を見たと噂するもので、家が建たないそうでございます。もともとこの地は何度か火事に見舞われておりまして、妻の実家が燃えたのが三度目だったとか。三度の火事とも、死者をだしているようでございます。大勢の死者が出たのは、五年前が初めてだったらしいのですが」

「誰が幽霊となって出てきているのだ。まさか香苗どのの家人ではなかろうな」

仁埜丞がかぶりを振る。

「どうも火元になった長屋の者ではないかという噂でございます」

「どうして火元の者がこの場に化けて出なければならぬ」

「これもあくまでも噂でございます。火事のあった日の風は、大火につながるほどのものではなかったようなのです。それなのに大火になってしまったのは、ここに油問屋があったせいだと幽霊がいうのだそうです」

むう、とうなって房興は顔をしかめた。

「なんとも身勝手な理屈よな。つまりその幽霊は、火をだした自分が悪いのではなく、ここにおびただしい油が置いてあったのが悪いというのか。ふざけた幽霊だ。この刀で退治してやりたいくらいだ」

房興は腰の刀に手を置いた。仁埜丞がにこりとする。

「殿、幽霊を斬るのは、容易なことではございませぬぞ」

「仁埜丞でも無理か」

「刀は通用いたしますまい」

「なにが得物《えもの》なら退治できる」

「さあて。やはり調伏《ちょうぶく》以外、ないのではないでしょうか」

「霊には霊力で当たるしかないか」

「御意《ぎょい》」

「それにしても、その幽霊は酒好きであろう。先ほど撒《ま》いた酒は、飲まれてしまったかもしれぬ」

「まったくでございます」

仁埜丞が房興を見つめる。

「殿、お食事は」

「うむ、腹が減ったな。じき昼だ。仁埜丞も空腹か」

「はい。先ほどから腹の虫がうるそうございます」

「ならば昼餉にいたそう。仁埜丞、なにがよい」

「殿はなにがよろしゅうございますか」

房興はにやりとした。

「わかっているであろう」

「では、蕎麦切りでございますな」

「いやか」

「とんでもない。それがしは大の好物でございますぞ」

「大の好物でも、毎日続いたらさすがに飽きよう」

「殿は飽きられましたか」

「そんなことはない」

「それがしも同じでございます」

「ならば、蕎麦切りでよいな。仁埜丞、このあたりでよい店を知っているか」

「いえ、存じませぬ。殿のお鼻が頼りでございます」

「よし、必ずうまい店を見つけよう。昨日と同じくらいうまい店がよいな」

空き地に向かって手をしっかりと合わせてから、房興と仁埜丞は道を歩きだした。江戸には蕎麦屋はいくらでもある。食べ物屋の二軒に一軒は蕎麦屋といわれているくらいだ。

「ここはどうだ」

香苗の実家のあった場所から一町ほど東へ来たところで、房興は足をとめた。

「なかなか店構えはよいですな。だしもていねいに取ってあるようです」

「うむ、鰹節の香りが実に濃い」

二人は暖簾を払い、小上がりに座を占めた。二人とも、ざる蕎麦を注文した。

やってきた蕎麦切りは腰があって香りが高く、つゆも鰹節のだしがよく効いていて房興好みの味だった。二人は満足して店を出た。

「さすがに殿はお鼻が利《き》きますなあ」

仁埜丞が笑顔でほめる。

「好きこそものの上手《じょうず》なれ、とはよくいったものでございます」

いつから夢見ていたのか、どうしてそういうふうになったのか、覚えはまったくないが、房興は江戸で蕎麦切りを存分に食べることが念願の一つだった。

「だが、肝心の件については少しも鼻が利かぬ」

「手がかりはあるのですから、地道に捜してゆけば必ず見つかります」

房興は懐《ふところ》から一通の手紙を取りだし、目を落とした。河津《かわづ》で会ったおりんという娘が、旅籠《はたご》に残していった置き手紙である。

おりんの実家は雑穀《ざっこく》問屋とわかっているが、この文には鷹取屋《たかとりや》という店の名も記してある。

ただし名だけで、場所は書かれていない。房興は江戸の土を踏んでから、ずっとおりんの居場所を捜し続けていた。

だが、なんといっても、江戸へやってきたのはこれが初めてで、土地鑑がまったくない。

仁埜丞は江戸生まれの江戸育ちだから頼りになりそうだが、実際には尾張徳川家の上屋敷にずっと奉公していたこともあって、上屋敷周辺の地理に詳しいだけである。江戸全般になると、心許《こころもと》ないものがあった。

今のところ、おりん捜しがうまくいっているとは、とてもいいがたい。

「殿、今日こそはきっと見つかりましょう」

瞳に光をたたえ、仁埜丞が力強くいった。

だが、結局、房興と仁埜丞はむなしく夕暮れを迎えることになった。

おびただしい家並みの向こうに沈んでゆく太陽を、房興は眺めた。沼里では夕日は海に没する。しばらくのあいだ暮らしていた河津では、山だった。

「残念だが仁埜丞、今日はここまでだ。また明日、がんばることにいたそう」

仁埜丞が、橙色《だいだいいろ》に染まった顔を向けてきた。

「殿、今日こそはといっておきながら、この体《てい》たらく。まことに申し訳なく存じます」

深くこうべを垂れる。

「仁埜丞、顔をあげよ。おりんどのが見つからなかったのは、仁埜丞のせいではない。この江戸の広さのせいよ。明日になれば、またきっと風向きは変わろう。よい結果はいつの日か必ず出る」

仁埜丞がほっとした表情になる。

「殿はへこたれませぬな。それに、よい結果が出ずとも、決して人に当たることがござらぬ。それがしはそんな殿に仕えることができ、うれしくてなりませぬ」

「仁埜丞、尾張家に仕えているとき、上の者に当たられたことがあったのか」

仁埜丞がなつかしげに目を細める。

「なにしろ大所帯《おおじょたい》ですからな。いろいろな人がおります」

「仁埜丞も苦労したのだな」

「その苦労の末、こうして殿にめぐり合えもうした。それがしは、まちがいなく幸運の持ち主でございましょう」

それをきいて房興はにこやかに笑った。

「よし、その幸運、明日こそ分けてもらうことにいたそう」

二人は軽い足取りで家路についた。


「おや」

あと半町ほどで家に帰り着くところで、仁埜丞が声をあげた。

「客人のようでございます」

房興は家の方角へ目をやった。闇がひたひたと迫っているなか、冠木門の前に男がひっそりと立っている。じっと動かずにいるのは、自分たちの帰りを待っているからか。

「仁埜丞、あれはどなただ」

足早に歩きつつ房興はきいた。さあ、と仁埜丞が首を振る。

「それがしにも、見覚えのないお方でございます」

房興と仁埜丞は門の前にやってきた。

「なにかご用ですかな」

仁埜丞が男に問うた。身なりは町人である。歳は四十代半ばといったところか。背は低く、五尺そこそこである。やせており、着物が少しあまっている感じだ。

「あの、房興さまでございますか」

男が房興を見つめてきく。

「うむ、わしが房興だ」

男の顔はかたい。

「ぶしつけで申し訳ありませんが、お話がございます」

房興は内心、驚いた。来たばかりで江戸での知り合いはほとんどいない。それなのに、見知らぬ者から話があるといわれるとは。

「うむ、どのような話かな。だがその前に、そなたが誰なのか、きいてもよいか」

「これは失礼いたしました」

男がていねいに辞儀した。

「手前は、鷹取屋のあるじ千之助《せんのすけ》と申します」

房興は驚きに目をみはった。

「いま鷹取屋といったか」

胸が高鳴る。

「はい、申しあげました」

「では、おりんどのの父御《ててご》だな」

「はい」

だが、千之助の表情はこわばったままだ。

「殿、あがっていただきましょう」

「うむ、それがよい。こんなところで立ち話もなんだ」

だが、千之助は首を横に振った。

「お話はただ一つでございます」

厳しさを感じさせる声音《こわね》でいう。房興は、千之助の態度にかたくななものを覚えた。

「なにかな」

「房興さまは、おりんを捜していらっしゃいますな」

「どうしてそのことを知っている」

「耳に入ってきたのでございます」

「さようか。それで」

「房興さま」

顔をあげ、千之助がまっすぐに見る。

「娘のことはあきらめていただきたく存じます」

「どういうことかな」

「娘には縁談がございます。娘の心を惑わされるような真似は、なされませぬようにお願いしたいのでございます」

「そうか、決まっているのか」

「はい、決まっております」

千之助が断言する。

「許嫁がおります」

「そうか」

房興の口から出たのはそれだけだった。

「ですので、娘を捜すのはおやめいただきたいのでございます。お伝えしたいことは、これですべてでございます。では、手前はこれにて失礼いたします」

辞儀をして、千之助が去ってゆく。先ほどよりずっと濃くなった闇に溶けだし、その姿はすぐに見えなくなった。

房興は呆然とするしかなかった。

横で仁埜丞が深いため息をついた。

四

橙色の太陽が家並みの先に沈んでゆく。みるみるうちに明るさが奪い取られ、江戸の町は闇色に染められてゆく。暗みが路地や軒下、物陰などに次々にできてゆく。

「旦那、なぜお日さまをいつまでもにらみつけているんですかい」

中間の珠吉にきかれて、樺山富士太郎は腕組みを解いた。

「いや、別ににらみつけていたわけじゃあないんだよ」

珠吉がもの問いたげな顔を向けてくる。

「今日は探索があまりうまくいかなかったなあ、と思って、お日さまに明日こそはうまくいきますようにって、お祈りしていたのさ」

「お祈りという割に、むずかしい顔で腕を組んでいましたよ」

「珠吉の前で手を合わせるなんて、そこまでやるのは、ちょっとはばかられたからね。神頼みじゃいけませんぜ、と叱られるかと思ったんだよ」

「旦那、あっしはそんなことで叱りゃあしませんぜ」

「そうかい。珠吉もずいぶんと温厚になったものだね」

「あっしはもともと温厚ですよ」

富士太郎はにこりとした。

「そうだったね。おいらは怒鳴られたことは一度もないね。叱られたことは数限りなくあるけどさ」

「神頼みもときには必要ですけど、探索初日ですから、まあ、ちと早すぎますかね」

「そうだね。本当にうまくいかなくなったときに、すべきことだね」

珠吉が小さくうなずく。

「旦那、これからどうしますかい。もう今日はしまいにして、番所に戻りますかい。それとも、湯瀬さまを訪ねますかい」

昨夜、大内屋という米問屋の蔵が破られ、義賊を看板にする盗人に千両もの大金を奪われたが、そのことを町奉行所に通報してきたのは、湯瀬直之進という侍に頼まれてやってきた町木戸の若い番太で、佃吉《でんきち》という男だった。

佃吉の通報を受けたのは昨夜の宿直だった山口萩之丞《やまぐちはぎのじょう》で、実際に大内屋まで出向き、直之進からじかに話をきいている。

今朝、富士太郎の出仕前に珠吉が屋敷にやってきて、また例の盗人が出たことを伝えたのだが、それが自分の縄張内で行われたことを知り、さらに夜のうちに直之進が町奉行所に通報させたときいて、富士太郎は心の底から驚いたものだ。同姓同名ということはまずあり得ず、富士太郎のよく知っている直之進であるのは明らかだった。

十手《じって》を手に富士太郎は珠吉とともにまっすぐ大内屋に向かった。

そこで目にしたのは、真っ二つに斬り割られている蔵の錠だった。いかにも頑丈なこの錠が真っ二つにされるなど、いったいどんな遣い手なのか。

直之進は、賊の頭らしい男がすごい遣い手だったと証言したようだが、それも合点《がてん》のいくすさまじさである。このような真似は自分にはできないと、直之進は率直に萩之丞に告げている。

直之進は、姿が闇に溶けこみ、まったく見えなくなってしまうという剣を賊の頭が使ったともいっている。

こいつは大きな手がかりだね、と富士太郎は思った。そんな妙な剣など広い江戸のどこを探したって、なかなかないだろう。

これは直之進さんからの伝言だね、と富士太郎は解した。

それで今日一日、道場めぐりをして、そういう秘剣というべき刀法を誇っているる流派がないか、調べていたのである。

だが結局、今日当たった道場で、そういう刀法を持つところはなかった。もっとも、今日話をきくことができた道場は、二十にも満たず、これから数多くの道場を当たってゆけば、必ず見つけだせるという確信を富士太郎は抱いている。

自分たちだけで探索を進めるのではなく、町々の自身番にも触れをだし、そういう技を持つ剣術道場がないか、調べさせている。富士太郎たちの探索の効があがる前に、自身番からの知らせのほうが早いかもしれなかった。

富士太郎は、闇の色が濃くなってゆく空を眺めた。

「直之進さんに話をきいてみようかね」

「あっしはそれがいいと思いやす」

「珠吉が賛成なら、行ってみようか。直之進さんの顔も見たいし」

「そういわれてみると、しばらくお会いしていないですねえ」

「うん、もう半月近く会っていないんじゃないかな。よし、珠吉、行こう。直之進さん、いてくれればいいね」

「ええ、きっといらっしゃいますよ」

　富士太郎と珠吉は、まず直之進の長屋に向かった。

だが直之進の店には、明かりが灯されていなかった。暗闇だけがどっしりと居座っていた。人の気配はまったく感じられない。

「もう寝ているってことはないかな」

「湯瀬さまならお眠りになっていても、あっしらがやってきたことを覚られるはずですからねえ。きっと米田屋さんのほうにいらっしゃるんじゃないですか」

一応、富士太郎は訪いを入れてみた。だが、返事はなかった。

「やっぱり留守だね」

富士太郎と珠吉は米田屋に足を向けた。近所だから、すぐである。

だが、米田屋にも直之進は来ていなかった。

「ここしばらく見えていないんですよ」

店先で光右衛門が、しおれたような顔でいう。それ以上に寂しそうなのは、おきくである。光右衛門のうしろに控えているが、しょげているように見えた。

おきくちゃんをこんなに悲しませるなんて、直之進さんらしくないね。

富士太郎は光右衛門にたずねた。

「しばらくというと、どのくらいですか」

「四日くらいですかね」

「それならまだいいですよ。それがしは半月も会っていないんですよ」

「そりゃまたご無沙汰ですねえ。どうしてそんなに会っていないんですか。あ、樺山の旦那、許嫁のお方に夢中になっているんじゃありませんか。とてもいい娘さんだときいていますよ」

「その通りだ、智代《ともよ》どのは樺太郎《かばたろう》にはもったいない娘だ」

光右衛門のうしろからのっそりと出てきたのは、平川琢ノ介《ひらかわたくのすけ》である。気持ちよさそうに腹をさすっている。

「あっ、豚ノ介《ぶたのすけ》。迷惑を顧みず、相変わらず米田屋さんに出入りしているんだね。食ってばかりいるから、また肥えたね」

苦笑しつつ珠吉が琢ノ介に挨拶《あいさつ》する。琢ノ介が鷹揚《おうよう》に返し、富士太郎を見る。

「うむ、肥えるのは当然のことよ。なにしろ、ここの飯は美味だからな」

「今夜もまた、たかったんだね。腹いっぱい食べて満足した豚のような顔をしているもの」

「おまえ、本当に口が悪いな。人のことを豚扱いしやがって。それに、たかったなどと、人聞きの悪いことをいうな。わしはただ、馳走になっただけだ。そうだ、富士太郎たちもよばれたらどうだ。うまいぞ」

光右衛門とおきくが、どうぞ、という顔でいざなう。富士太郎と珠吉は、そろってかぶりを振った。

「いえ、けっこうですよ」

「ああ、そうか。富士太郎は智代どのがつくって待っているものな。ここで満腹にしてゆくわけにはいかんな」

その言葉には取り合わず、富士太郎は琢ノ介に問いを発した。

「ところで平川さんは、直之進さんがどこにいるか知りませんか」

やつか、と琢ノ介がいった。

「富士太郎と珠吉は、川藤仁埜丞という御仁を知っているか」

「ああ、話はきいています。もともと尾張徳川家に仕えていたお方で、柳生新陰流の遣い手として、名が轟《とどろ》いていたらしいですね」

「直之進は佐之助《さのすけ》とともに川藤どのと真剣でやり合ったのだが、完敗したんだ」

直之進は、快癒した真興のご機嫌うかがいに沼里へ行き、その様子を富士太郎に話してくれた。そのとき、川藤仁埜丞のこともきかされたのである。

「それで、直之進はいま剣の道を究《きわ》めんとしているんだ。あいつは克己《こっき》して励むからな、ちと厄介なんだよ。俺みたいに剣術の才などなきに等しいのなら、なんの問題もないが、あいつは才能豊かだからな。川藤どのはすごい達人らしいが、直之進の手が決して届かぬところにいるわけではないようだ。がんばれば川藤どのの域に到達できるとなれば、やつは必死になる。ならざるを得ぬ」

それには富士太郎も同感できる。

「又聞きですが、どうも最近、直之進さんは眠れていないようなのです。深夜の町をうろついているらしいのですよ。川藤どのに負けた衝撃が大きくて、直之進さんは眠れなくなったのでしょうか。眠れないまま、今もどこかで剣の稽古に励んでいらっしゃるのですかね」

「どこかはわしも知らぬが、江戸にいるのはまちがいない。いにしえの剣豪のように、山にこもっているわけではないから、きっとすぐに顔を見せるさ。あいつにしたって、おきくちゃんの顔を見たいに決まっているのだ」

それはそうだろう、と富士太郎も思う。もし智ちゃんに何日も会えないとなったら、自分はおかしくなってしまうのではないか。

「それにしても、いったいどこでどんな稽古をしていらっしゃるんでしょうねえ」

珠吉がいい、富士太郎は首を何度か振った。

おきくちゃんに顔を見せることくらい、たやすいことなのにどうしてなのかねえ。

富士太郎は、はっとした。

同僚の山口萩之丞と別れたあと、直之進さんの身になにかあったなんてことはないだろうね。

昨夜の事件をきかされていない琢ノ介が顔を寄せてきた。おきくにきこえないように、声を低くする。

「富士太郎もよく知っているように、あいつはこれまで何度も命を狙われてきた男だ。好きなおなごのもとに四日も顔を見せぬというのは、なにかあったからではないのか」

「いえ、それはありませんよ」

珠吉があっさりと否定した。

「どうしてだ」

「先ほど、あっしたちは湯瀬さまの長屋を訪ねたんですよ。湯瀬さまはご不在でしたけど、大家さんがいましてね」

ああ、そうだった、と富士太郎は思いだした。こんなことを忘れているなんて、定廻り失格だね。

ちらりと富士太郎を見て、珠吉が続ける。

「ちょうどお昼頃、大家さんは、出かけようとする湯瀬さまと立ち話をしたんです。知り合いのところに行くと、湯瀬さまはおっしゃっていたそうですよ」

「そうか。あの長屋の大家が、昼に直之進と会っているのか。ならば、今のところ、やつの身にはなにごともなさそうだな」

琢ノ介が苦い顔をする。

「まったくあの馬鹿、どこでなにをしてるんだ。どこか人けのない林にでも入って、刀を振りまわしているのかな。あいつのことだ、きっと焦りと戦っているにちがいないんだ。——ところで富士太郎」

「なんですか」

「おまえ、なぜ直之進に会いに来たんだ。あいつの長屋に行ったというのも、なにか用事があったからだろう。やつの顔を見たいという理由ではなかろう。昔のおまえならともかく、今のおまえは直之進に夢中というわけではないからな」

ああ、そんなこともあったな、と富士太郎はなつかしく思った。以前は直之進のことが好きでたまらず、直之進に会わないと、夜も日も明けなかった。むろん、今はちがう。

「ええ、直之進さんにお話をきこうと思って行ったんですよ」

富士太郎はどういうことなのか、琢ノ介や光右衛門、おきくに語った。

「えっ、あいつ、いま評判の義賊とやり合ったのか」

「義賊なんかじゃありませんよ」

富士太郎はきっぱりと告げた。

「ただの金目当ての連中です」

大内屋が四軒目である。これまでの三軒も、大内屋と同じく、買い占めの疑いを庶民からかけられていた。三軒の内訳は、大内屋と同じ米問屋に油問屋、材木問屋である。

「うむ、その通りなんだろうな。だが富士太郎、そんなに熱くなるな」

「ええ、すみません」

「とにかく話はわかった。昨夜その大内屋という米問屋が盗みに入られ、千両もの大金を奪われた。それで、富士太郎は直之進に詳しい話をきこうと思ったのだな」

「そういうことです。直之進さんは、賊を目《ま》の当《あ》たりにした数少ない一人ですからね。もちろん、詳しい話は昨夜中に宿直だった同心がうかがっているのですが、それがしがじかにきくべきだと思ったものですから」

「ふむ、同心としての心得《こころえ》というやつだな」

「それに、やつらはそれがしたちの縄張に踏みこんできましたからね。許しませんよ」

「必ずとっつかまえてやるという顔だな」

「ええ、この手でふん縛ってやります」

　琢ノ介が腕をかたく組む。

「富士太郎、賊の頭がすごい遣い手であるのはまちがいないのか」

「ええ、直之進さんはそういうふうにおっしゃったそうですよ。待ち伏せされたにもかかわらず、こうして生きているのは奇跡に近いって」

「奇跡か。やつは今、その遣い手を追いかけているんじゃないのか」

　あっ、と富士太郎は思った。そうかもしれない。直之進のことだ、逃した責任は自分にあると考えるだろう。琢ノ介のいう通りかもしれない。

富士太郎は、おきくが心配そうな顔をしているのに気づいた。

「大丈夫ですよ、おきくさん」

富士太郎は慰めた。

「直之進さんは、おきくさんという大事な人がいるのに、無茶をするような人じゃありませんから」

「ありがとうございます」

おきくが笑みを見せる。つくった笑いで、富士太郎の心は痛んだ。

米田屋をあとにした富士太郎と珠吉は、町奉行所に戻った。珠吉は奉行所内の中間長屋に帰っていった。

富士太郎は、大門内にある同心詰所に入った。刻限が遅いだけに、もう同僚は一人もいなかった。富士太郎は日誌をしたため、それから詰所を出た。提灯を灯し、一人、屋敷に帰った。

屋敷では、遅い帰りを智代が心配していた。富士太郎の顔を見ると、とびきりの笑顔を見せてくれた。それだけで、富士太郎の心は満たされた。

女性《にょしょう》というのは偉大だなあ、とあらためて思った。

直之進さんは、おきくさんをほったらかしにして、よく平気だなあ。

直之進は本当に盗人の頭を追っているのだろうか。

直之進はもう一度、頭とやり合いたいのではないか。直之進の根っこにあるのは、紛れもなく剣術である。腕をあげるのに、命を賭けた真剣勝負ほど格好の手段はないだろう。強くなるためには、愛する女も忘れてしまうのかもしれない。

剣術というのは、そんなに男を熱くさせるものなのか。自分には、琢ノ介以上に剣の才能がないから、よくわからない。だが、剣術に身を捧げ、剣術を一生の伴侶《はんりょ》とする者は、古来より枚挙《まいきょ》にいとまがない。

おきくには、直之進は無茶をするような人ではないといったが、実際には命知らずの面がある。最近は影をひそめているようだが、すごい遣い手とやり合ったことで、血が目覚めたかもしれない。

「富士太郎さん、どうかされましたか」

智代が案ずる瞳で見ている。

「ああ、ごめんよ。ちょっと考え事をしていた」

「夕餉《ゆうげ》の支度ができていますから、お母さまにご挨拶をなさったら、おいでください」

「ありがとう。ちょっと行ってくるよ」

富士太郎は母の田津《たづ》の部屋に向かった。

田津に帰宅の挨拶をする。

「今日はちょっと遅かったのですね。夕餉《ゆうげ》はお先にいただきました。例の盗人の件、手こずっているのですか」

「はい、今日はあまりよい結果は出ませんでした。明日、がんばります」

「その意気ですよ、富士太郎」

富士太郎は田津の前を下がろうとした。

「富士太郎、ちょっと話がありますから、食事を終えたら、また来てください」

「はい、承知いたしました」

話とはいったいなんだろう、と思いつつ富士太郎は廊下を歩き、台所の横の部屋に来た。智代がすぐに膳を持ってきてくれた。

おかずは目刺《めざ》しに湯豆腐、たくあんに梅干し、味噌汁の具は切り干し大根である。切り干し大根はそれ自体、とてもよいだしが出る。富士太郎の大好物である。

大満足の夕餉を終え、智代と少しのあいだ楽しく語らった。もっと一緒にいたかったが、富士太郎は話があるという母の部屋に再び足を向けた。

「待っていましたよ」

田津はにこやかに富士太郎を迎え入れた。話とはなんだろう、と富士太郎は少しかたくなって正座した。

田津がにっこりとする。

「そんなにかしこまることはありません。お願いがあるのです」

「とおっしゃると」

「例の盗賊がまたも犯行を重ね、あなたがひじょうに忙しい身であることは重々承知の上で、お願いしたいのです。ある娘さんを捜してほしいのです」

富士太郎は眉根を寄せた。

「娘さんですか。どなたですか」

「あなたの知らぬ娘さんです。旗本三千石の姫君です」

「三千石の旗本の娘が、屋敷からいなくなったのですか」

「はい、さようです。二月《ふたつき》前から姿が見えなくなっています」

「そんなに前なのですか」

「はい。姫君がいなくなったことを公にするわけにもいかず、家臣の方々が懸命に捜したのですが、結局のところ、埒《らち》があきませんでした。それで、姫君のお母上が私を頼ってきたのです」

姫の母親は、田津の芝居見物仲間だという。

「どういう巡り合わせか、何度か隣席になったのですよ。それでお話をするようになり、親しくなったのです」

「なるほど」

「その姫君には、私も一度だけ会ったことがあるのです。ちょっと風変わりな娘さんでしたね。剣術が大好きなのです」

「剣術好きですか。ならば、どこかの道場に転がりこんでいるのではありませぬか」

「そう考えて、家臣の方々もほうぼう捜したのですが、見つかりませんでした」

田津が懇願の目で見る。

「先ほども申しましたが、あなたが忙しい身であるのは承知の上です。でも、どうか、力を貸してやってください」

「母上、わかりました」

富士太郎はにこりとしてから、たずねた。

「姫君のお名を教えてくださいますか」

五

やつは目測を明らかに見誤った。

だからこそ、こうして俺は生きている。

あのとき、と直之進は目を閉じてあの遣い手に待ち伏せされた場面を思いだした。

やつの刀を避けてごろごろと地面を転がったものの、商家の塀にぶつかって体がとまった。そこを見逃さず刀が伸びてきて、直之進を貫こうとした。絶体絶命だったが、地面に横になったまま直之進は体をはねあげた。浮きあがった体と地面のあいだに刀が吸いこまれていった。

いま考えても奇跡としか思えないが、やはりやつが目測を誤ったのはまちがいない。闇がそうさせたのかもしれないが、それだけではないような気がする。まさかわざと外したわけではあるまい。

あれだけの遣い手が、あのときだけどうしてそんな過ちを犯したのか。

登兵衛と和四郎の二人と別れ、米田屋に向かおうとしていた直之進は、はたと立ちどまった。

日暮れ近くになって人けのなくなった神社が目に飛びこんできて、直之進は迷うことなく境内《けいだい》に入りこんだ。

こぢんまりとした本殿の裏にまわり、刀を抜いた。上空はまだ青さを残しているものの、そこは鬱蒼《うっそう》とした木々に囲まれ、夜が一足早く訪れたかのように暗かった。直之進は賊になった気持ちで刀を突きだしてみた。

何度繰り返してみても、目測を誤るようなことにはならなかった。狙ったところに刀は吸いこまれてゆく。次第に汗がにじんでくる。腰にさげた手ぬぐいで目元をぬぐった。

ん、まさか――。

刀を構えなおした直之進は、片目を閉じて突きだしてみた。

やはり――。

つぶったほうの視界が狭くなり、そちら側に突きだした切っ先がぶれた。

直之進のなかでは、答えは一つしかなかった。あの底知れない強さからして信じられないことだが、あの遣い手は片方の目がひどく悪いか、見えないかのどちらかだろう。

隻眼《せきがん》と考えて、よいのかもしれない。それ以外、あれだけの過ちを犯す理由が、直之進には思いつかない。

盗賊の頭は隻眼ではないのか。このことを富士太郎に伝えなければならない。きっと大きな手がかりとして、喜んでくれるにちがいなかった。

直之進は米田屋はあとまわしにして町奉行所に向かった。

だが途中、小さな稲荷の前にしゃがみこんでいるばあさんを見て、足をとめた。ばあさんは一見、稲荷に向かってこうべを垂れているように見える。そのために、そばを行きかう者たちは、ばあさんに注意を払わない。

直之進はちがった。ばあさんがうつむいて、苦しんでいるように見えたのだ。

「おばあさん、どうかしたのか」

直之進はやさしく声をかけた。ばあさんは顔をしかめてなにも答えない。

「どこか痛いのか」

「お、おなかが」

喉の奥から押しだすようなしわがれ声で、ばあさんがいった。

「歩けないのか。医者に行くか。連れていってやるぞ」

ばあさんが頭を震わせてかぶりを振る。

「お金がないから」

「だが、医者に診てもらわないと」

「い、いいんですよ。こうしていれば、じき、お、おさまるから」

「そうはいってもな」

直之進は、ばあさんの顔をのぞきこんだ。

「おばあさん、家はどこだ」

「お、音羽《おとわ》二丁目」

町奉行所とはまったく逆の方向だ。

「よし、連れていってやろう」

「で、でも」

「遠慮はいらぬ。おぶされるか」

「す、少し待ってください」

それからしばらくして、ばあさんは少し楽になったようだ。直之進はばあさんを背に担ぎ、道を歩きはじめた。

「すみません」

背中で、ばあさんはその言葉ばかりを繰り返した。

「かまわんよ。困っている者に手を差し伸べるのが、江戸の人たちのすばらしいところだろう。俺はまだ江戸に住みはじめてから日が浅いが、そういうところは是非とも見習いたいと思っている」

「ありがとうございます」

「おばあさん、おなかはよく痛むのかい」

「ええ、持病なんですよ」

「医者には診せているのかい」

「ううん、お金がないもの」

「そうはいっても、診てもらったほうがいいな」

「長生きしても仕方ないから。早く連れ合いの待つあの世に行きたい」

直之進はばあさんを背負い直した。

「おばあさん、歳はいくつだ」

「六十九」

「来年の正月を迎えれば古希《こき》ではないか」

「そうね」

「おばあさん、家人は」

「ううん、いない。せがれや娘は生んだけど、育ってくれなかった。兄弟姉妹はいないし、二親はもうとっくにあの世だし」

「そうか」

「お侍のお歳は」

「二十八だ」

「お嫁さんは」

「じきもらうことになっている」

ばあさんがほほえんだ。

「それは楽しみだね」

「うん、そうだな」

ばあさんが直之進の顔をのぞきこむ。

「お侍には悩み事があるようだの」

「おっ、わかるか。うむ、実はあるのだ。そんなに大層な悩みではないが」

「大層な悩みだって、お顔に書いてあるわい」

「そうか」

「人生五十年として、お侍はまだあと二十二年も生きられる。私の歳まで生きれば四十年、死ぬ頃には、なんで俺はあのときあんなことで悩んでいたんだろうって思っているわさ」

「そうかな」

「悩みなんて、だいたいそんなものさ」

確かにそうだな、と直之進は思った。あとで考えれば小さなことばかりだ。

途中、直之進は提灯に火を入れた。

「人生にも提灯に灯をともしたみたいに、暗闇のなか、ぱっと道が見えることがある。お侍はまっすぐな性格だから、必ずそういうときがくる。悩みなんか、それで晴れてしまうわさ」

護国寺《ごこくじ》に通じる参詣道に入った。音羽二丁目というから、護国寺にだいぶ近いほうだ。

四丁目を通るとき、直之進の目は千勢《ちせ》と佐之助の姿を捜した。お咲希《さき》を含めた三人で、幸せに暮らしているはずだ。

音羽二丁目の裏長屋で、ばあさんは暮らしていた。直之進のところと同じで、四畳半一間に狭い土間があるのみだ。

「ここよ。お茶をいれるから飲んでいっておくれ」

「腹の具合はどうだ」

「大丈夫、おさまった」

「それはよかった」

直之進は上がり框《かまち》に腰かけ、ばあさんのいれてくれた茶をありがたく馳走になった。

「うまいな」

「そうでしょう。お茶だけは贅沢《ぜいたく》させてもらっているの」

直之進は茶を飲み干し、湯飲みを茶托《ちゃたく》に置いた。ふう、と大きく息をつく。

「ああ、本当にうまかった」

「もっと飲むかい」

直之進は笑顔でかぶりを振った。

「もうけっこう。これから行かねばならないところがあるんでな」

直之進はすっくと立ちあがった。

「あの、お侍、お名は」

ばあさんがすがるような眼差しできく。別に秘密にするようなことではなく、直之進は名乗った。ばあさんの名をたずねた。

「ときじゃ」

「おときさんか。よい名だな」

ではこれでな、と直之進はおときの店を出た。路地に立ち、おときが見送る。木戸のところで振り返り、直之進は手を振った。おときが遠慮がちに振り返してきた。

護国寺の参詣道に出た。これから、町奉行所に行くのはさすがに難儀に思えた。歩いて優に一刻はかかるだろう。

富士太郎にはすまないが、町奉行所に足を運ぶのは明日にしようと直之進は考えた。米田屋に行こうかと思ったが、あの店の敷居をまたげば、また甘えてしまうだろう。夕餉を馳走になり、結局、泊まることになって、夜の稽古もできないにちがいない。おきくの顔を見たくてならないが、我慢することにした。

米田屋も明日だ。

直之進は心に決めて、長屋への道をたどりはじめた。

目が覚めた。

昨夜は、井戸端での稽古のあと、町をうろつくこともなく眠りにつくことができた。今朝はかなり冷えこんだが、目覚めもよかった。

腹が空いている。直之進は米を研《と》ぎはじめた。米田屋に行けば、朝餉《あさげ》を食べさせてもらえるのはわかっているが、腕前をあげるためには、そういう甘えはできるだけ排さねばならぬのではないか。日々の過ごし方が腕を決めるような気がしてならない。

直之進は飯を炊いた。わかめの味噌汁もつくった。炊き立ての飯は美味だった。味噌汁は味噌を少し入れすぎたが、わかめはしゃきしゃきとした歯応えでうまかった。

茶碗などの食器を洗い、それから町奉行所に向かうために長屋を出ようとした。

路地をやってきた二人組がいた。おっ、と直之進は声を発した。

「あっ、直之進さん」

あらわれたのは富士太郎と珠吉だった。

「ちょうどよかった。奉行所に行こうと思っていたんだ」

「えっ、どうしてですか」

「とても重要なことに気づいたからだ」

「重要なことですか。なんです」

直之進は井戸端が気になった。ちょうど洗濯の時間で、女房たちが興味津々《きようみしんしん》の目でこちらを見ている。

「汚いところだが、あがってくれ」

直之進は富士太郎と珠吉を長屋にあげた。三人は向かい合って座った。

「それで、重要なことってなんですか」

富士太郎が勢いこんできく。珠吉も前のめり気味になっている。

「もしや例の盗人どもに関して、なにかわかったのですか」

「その通りだ。富士太郎さんと珠吉は、そのことでここまで来たのだな」

「はい、直之進さんに話をききたくて」

直之進は昨日、とある神社の境内で考えついたことを語った。

「盗賊の頭は隻眼ですか」

うむ、と直之進はうなずいた。

「まずまちがいないと思う」

「さようですか。隻眼……。確かに大きな手がかりです。来た甲斐がありました」

富士太郎が、ほかになにか気づいたことはないか、きく。直之進は考えてみたが、頭に引っかかることは今のところはなかった。

「もしまた気づいたことがあったら、必ず知らせよう」

よろしくお願いします、といって富士太郎と珠吉は長屋を出ていった。富士太郎がすぐに戻ってきて、顔をのぞかせた。

「おきくさんが直之進さんのことを心配しています。顔を見せてあげてください」

「わかった。ありがとう。そうするよ」

「きっとですよ」

「ああ、わかった」

にこりと笑って、富士太郎の顔が消えた。

直之進はさっそく米田屋に赴《おもむ》いた。

「湯瀬さま」

店先にいた光右衛門は、抱きつかんばかりだった。

「いったいどうされていたんですか。心配しましたよ」

おきくもうれしそうだ。満面に笑みを浮かべて通りに出てきた。直之進は謝った。

「すまなかったな、なかなか来られなくて」

おきくがかぶりを振る。

「いえ、いいんです。直之進さんも、いろいろとたいへんなようですから」

「すまんな、一緒になる前から苦労をかけてしまって」

「いえ、本当にいいんです」

「まったく先が思いやられるな」

そういってあらわれたのは琢ノ介である。満足げに腹をなでさすっている。

「琢ノ介、おまえ、いつもここにいるが、たまには長屋に戻っているのか。それに、また肥えたのではないか」

琢ノ介が顔をしかめる。

「おまえまで樺太郎と同じことをいうのか。なあ、直之進、わしはそんなに肥えたか」

「ああ、なかなか立派な腹だぞ。初めて会ったときの倍になった」

「えっ、まことか」

琢ノ介がしみじみと自らの腹を見る。

「少しは食べ物を控えるか」

「それだけでなく、もっと体を動かしたほうがよかろう」

「うむ、わかった。そうしよう」

琢ノ介が通りに目を転じた。

「あれ、樺太郎ではないか」

いわれて直之進は見た。富士太郎が珠吉を連れて近づいてきたところだった。

「ああ、直之進さん、いらしてくれて、よかった。聞き忘れたことがあって、追いかけてきたんですよ」

「ほう、なにかな」

「直之進さんもご覧になったと思いますが、大内屋の蔵の錠ですよ。あれを刀で斬り割ることができますか」

「そのことはあのときの同心に話した。俺にはできそうもない」

「さようですか。できそうな人に心当たりはありますか」

「うむ、一人いるな」

富士太郎の目が輝いた。

「どなたですか」

「ならば、一緒に行ってみるか」

　直之進が富士太郎と珠吉を連れていったのは、房興と仁埜丞の家である。少し体を動かしたいと琢ノ介もついてきた。

　房興と仁埜丞は家にいた。ちょうど出かけようとしていた。

「おう、直之進ではないか」

　房興が笑みを浮かべて声をかけてきた。仁埜丞が折り目正しく辞儀をする。直之進もていねいに返し、琢ノ介を二人に紹介した。

「今日は川藤どのにお願いがあってまいりました」

「なにかな」

　仁埜丞が興味深げな目をする。

「こちらのお役人は樺山富士太郎どのといって南町の定廻り同心をしていますが、問いに答えてやってほしいのです」

「お安いご用だ」

　仁埜丞が富士太郎に顔を向けた。

「どのようなことでござろうか」

「それがしどもは、いま商家に忍びこんでは大金を奪ってゆく盗人どもを捜しています。蔵に使われるがっちりとした錠を刀で斬り割ることなどできますか」

「うむ、できぬことはない」

「さようですか。この広い江戸に、それだけの腕前を持つ者はどのくらいおりましょう」

仁埜丞がむずかしい顔をする。

「見当もつきませぬが、そうですな、十人はいるのではないでしょうか」

「川藤どの以外ではどなたでしょう」

仁埜丞が苦笑を頬に刻む。

「それがしは、名についてはまったく存じませぬ」

「直之進さんによると、隻眼ではないか、とのことなのですが、心当たりはありませんか」

「隻眼——」

仁埜丞の瞳がきらりと光を帯びた。

「心当たりがあるのですか」

富士太郎が仁埜丞に目を据えてたずねる。

「いえ、なにも」

すでに仁埜丞の目から光は失せている。仁埜丞の顔は柔和そのものだ。

「さようですか」

少し残念そうに富士太郎がいった。押したところで仁埜丞がなにもいわないことがわかったのだろう、あっさりと引き下がった。

「では、それがしはこれにて失礼いたします。ありがとうございました」

富士太郎は直之進にも厚く礼をいって、珠吉とともに通りへと出ていった。二人の姿は家の陰に隠れ、すぐさま見えなくなった。

「川藤どの、もう一つお願いがあるのです」

前に一歩、二歩と踏みだして、直之進は仁埜丞に頭を下げた。

「それがしに、是非とも剣を教えていただきたいのです」

「よろしいですよ」

仁埜丞は間を置くことなく快諾した。

「えっ、まことですか」

あっけない返事に直之進のほうが驚いた。

「まことでござる。実は湯瀬どのからそういう話があれば、受けるようにと、殿からもいわれている。ただし、昼間は殿のお供をして出かけることが多いゆえに、稽古をするのは夜でかまわぬかな」

直之進は房興を見た。房興はにこにこしている。直之進は目を仁埜丞に戻した。

「もちろんです」

「よい返事だ。ならば、この庭を稽古場といたそうか」

仁埜丞が深い色をした目で見つめる。

「湯瀬どの、なにか望みがありそうだな」

はい、と直之進は大きく顎を引いた。

「それがしは必殺の剣がほしいのです」

思いきっていった。これには琢ノ介が驚き、口をあんぐりとあける。房興はうれしそうに直之進を見ている。

またも仁埜丞があっさりとうなずいた。

「うむ、よかろう。稽古に励み、必殺の剣を編《あ》みだそうではないか。きっと湯瀬どのにふさわしい剣が見つかろう」

力強くいわれ、直之進は、目の前の霧が晴れてゆくような感じを味わった。

仁埜丞が穏やかな口調で続ける。

「湯瀬どのはひじょうに粘り強い剣を遣うが、それだけでは強くはなれぬ。これぞ、という剣がなくては難敵を破ることはかなわぬ。そのことが自分でもわかっているからこそ、必殺の剣が必要だと考えたのであろう」

さすが川藤どのだと直之進は感じ入った。今まさしく大船に乗りこんだのを覚った。

第二章

一

――このままあきらめるわけにはいかぬ。

朝、目覚めたとき房興は決意を固めていた。

おりんどのに会って、話をしなければならぬ。そうして、気持ちを確かめる。あきらめるかどうかは、それからだ。

雑穀問屋の鷹取屋がどこにあるのかいまだにわからないが、あるじの千之助が、房興たちがおりんを捜しているとの噂を聞きつけてここまでやってきたことから、さほど遠くない場所にあるのはまちがいなさそうだ。

千之助がこの家の前にやってきて、おりんのことはあきらめていただきたく存じますと告げたとき、房興はその言葉に呆然としてしまい、千之助のあとをつけることなどまったく考えなかった。

もっとも、はなから自分たちの力で鷹取屋を探しだすという気持ちしかなかったから、思いつかなかったのも当然だった。実際、あとをつけるような真似をしなくて、よかったと思っている。

今日こそは必ず鷹取屋を探し当てる。

房興はかたく心に決め、布団の上に起きあがった。大きく伸びをする。

やわらかな足音が廊下を近づいてきた。腰高障《こしだかしょうじ》子の前で影がとまり、声をかけてくる。

「殿、おはようございます。お目覚めでしょうか。朝餉ができましたぞ」

「おはよう、仁埜丞。すぐにまいるゆえ、向こうで待っていてくれ」

「承知いたしました」

影が廊下を去ってゆく。立ちあがった房興は手際よく着替えを済ませた。腰高障子をあけ、廊下を行く。台所脇の部屋には、すでに二つの膳が用意されていた。

房興は右側の膳の前に座りこんだ。おかずは塩鮭に納豆、卵、海苔《のり》、梅干し、たくあんというものだ。台所では、仁埜丞が味噌汁を椀に盛っている。食い気をそそる香りが鼻先を漂い、房興の腹の虫が鳴いた。

「お待たせいたしました」

仁埜丞は、二つの椀がのった盆を右手で捧げ持っている。盆を畳に置くと手際よく膳の上に椀をのせた。具は千切り《せんぎ》にされた大根である。

ふんわりとした味噌汁の香りがさらに強くなり、房興は鼻をうごめかせた。それを見て、仁埜丞がにこりとし、房興の前に正座する。

「仁埜丞、朝から豪勢だな」

「殿は伸び盛りですからな、たくさん召しあがっていただかぬと」

仁埜丞が、すでにお櫃《ひつ》に移してある飯を右手だけで器用に椀によそい、どうぞと手渡してきた。房興は受け取った。仁埜丞が自分の分も盛る。

「殿、いただきましょう」

うなずいて房興は箸を取った。炊き立ての飯を嚙み締める。香ばしい味がし、口のなかになんともいえないうまみが広がってゆく。同時に、申しわけなさが心の壁を這いのぼってきた。

「仁埜丞、すまぬな」

そんな言葉が口をついて出た。

「なにがでございますか」

仁埜丞が不思議そうにたずねる。

「左手の不自由なそなたに食事の支度をさせていることだ」

ふふ、と仁埜丞が小さく笑う。

「お気になさいますな。殿にしていただくわけには、まいりませぬ。それがしが支度するのは当然にございます」

房興は膳の上に目を落とした。きれいに焼けている塩鮭がなぜか悲しい。

「このように仁埜丞がなんでもでき、しかも包丁が達者ゆえ、どうしても甘えてしまう」

「香苗の体が弱かったこともあり、それがしは以前より、よく台所に立っておりもうした。最初はさすがに無理かと思いましたが、なんとかなるものでございます。それに、意外に楽しく、病みつきになりもうした。河津の宿でも、炊事はそれがしがすべてこなしておりもうした」

「だが、好きだからといって、いつまでも仁埜丞の手をわずらわせるわけにはいかぬ。今日こそは米田屋に女手を頼もう」

「はい、さようにございますな」

仁埜丞が笑みを浮かべてうなずく。

「包丁だけならそれがしでも間に合いますが、掃除もありますからな。掃除もきらいではありませぬが、得手《えて》とはとてもいえませぬ。きれいだった家も、薄汚れてきた感がなきにしもあらずでございますし」

食事を終えると、房興は仁埜丞とともに米田屋に向かった。

あるじの光右衛門はちょうど出かけるところだったが、房興たちに気づくと、暖簾の前で立ちどまり、迎えてくれた。

「房興さま、川藤さま、おはようございます。よくおいでくださいました」

おはよう、と房興と仁埜丞は返した。

「米田屋、すまぬ。せっかく出かけるところを引きとめる形になってしまったな」

房興がいうと、光右衛門が腰をかがめた。

「とんでもないことにございます。手前の用などさほどのことではございませぬ。して、房興さま、川藤さま、今日はどのようなご用件でございましょう。まさか、このえら張り顔をご覧にいらっしゃったわけではございませんでしょう」

光右衛門が人のよさそうな笑みを浮かべ、自分の頬をひとなでした。

「うむ、人を頼みたくてまいった」

「さようでございますか。では、お入りください。詳しいお話をうかがいましょう」

房興と仁埜丞は座敷に通された。若い娘が茶を持ってきてくれた。房興はいったいどちらだろう、と迷った。仁埜丞はわかっている顔つきだ。

今の家を周旋してもらうとき、米田屋には二度ばかり来て、おあき、おれん、おきくの姉妹は紹介してもらった。おあきはともかく、おれんとおきくの双子の姉妹は、房興にはまったく見分けがつかなかった。

「うむ、そなたはおきくどのかな」

房興がいうと、娘はにっこりとした。

「よくおわかりですね」

「うむ、あくまでも勘にすぎぬが、おきくどののほうが、ほんの少しだけ目が大きいような気がする。ただそれだけだ。——仁埜丞はどうやって見分けをつけているのだ。はっきりと見当をつけている顔だが」

仁埜丞がうなずく。

「おれんどののほうが、左の頰にやや丸みがあります。それと、おきくどのは右のまつげが少し長いようですな」

　これには、向かいに座った光右衛門が仰天した。腰を浮かせ気味にしている。

「これまで二十年近く娘たちと暮らしてまいりましたが、その手前ですら、そのようなことは気づきませんでした」

　光右衛門が視線を転じて、おきくの顔をまじまじと見る。首を力なく振る。

「川藤さまがおっしゃった今でも、正直、わかりません。剣の達人というのは、すごいものでございますなあ」

「いや、そんな大仰なものではござらぬよ。たまたま、それがしにはそういうふうに見えたということにすぎぬ」

「ご謙遜《けんそん》ですな」

　光右衛門が喉の渇きを癒すように茶を喫した。湯飲みを茶托に置き、真顔になった。それを潮におきくが一礼して去った。

　さて、と光右衛門が姿勢をあらためた。

「人を頼みたいとのことでございましたが、家のほうのことをする者にございますか」

「さよう。今は、この仁埜丞が食事の支度をしてくれている。実にうまい飯をつくってくれるのだが、仁埜丞はわしの料理番ではない。いつまでもさせておくわけにはいかぬ」

「なるほど。食事の支度だけでなく、掃除など家のこともできる者がよろしいのですな。房興さまは女中と下男、どちらがよろしいですか」

「気がきく者であれば、どちらでもよい」

「若いおなごはいかがです」

「それも悪くはないが、歳がいっているほうがいろいろなことをよく知っておるし、こちらも気を使わずに済むのではないかな」

「なるほど、それはそうでございますな。亀の甲より年の劫《こう》と申しまして、長年の経験というのは、なにより貴重で得がたいものでございますからなあ」

光右衛門が大きく同意する。

「わかりました。ちと歳のいった気働きのできる女性《にょしょう》を、必ずや紹介いたしましょう。おまかせください。早いほうがよろしいのでございますね」

「うむ、その通りだ。早いところ仁埜丞を料理番から解き放ってやりたい」

承知いたしました、と光右衛門がいった。

「あの、房興さま。お気を悪くされたら申しわけないのでございますが、もしや房興さまには、好きなおなごがいらっしゃるのではございませぬか」

房興は目をみはった。横で仁埜丞は、さすがだな、という顔をしている。

「米田屋、どうしてそう思う」

光右衛門が首をひねってみせた。

「いえ、なんとなくでございますよ。そうではないのかなあと勘が働きました」

「うむ、実はそうなのだ。わしには好きなおなごがおる」

恥じることではなく、房興は堂々と口にした。一瞬、まぶしそうな顔つきになった光右衛門が感慨深げに首を振った。

「ほう、恋をされているのでございますか。それはそれはよろしいですなあ。あの、お相手はどなたでございますか。ああ、おききしてもよろしいですか」

「うむ、もちろんだ」

房興は鷹揚に顎を縦に動かした。

「鷹取屋という雑穀問屋の娘だ」

娘の名も伝えた。

「房興さまのお好きなおなごは、おりんさんとおっしゃるのでございますか。なにやら名からして、おやさしそうなお方でございますな。手前は、その鷹取屋さんというお店は存じあげませんが、江戸の店でございますか」

「そうだ。だが、場所がわかっておらぬ」

「さようでございますか。でしたら、おりんさんにも会っておられないのでございますか。もしや、今お捜しの最中ということでございますか。あの、房興さま、その娘さんとはどういうお知り合いでございますか」

房興は河津での出会いの経緯《いきさつ》を話した。

「なるほど、河津にいらしたとき、お知り合いになったのでございますか」

光右衛門がにんまりとする。

「ただの一度の出会いで忘れられなくなるなど、一目惚れというやつでございますな。ええ、手前にも覚えがございますよ。手前も死んだ女房に一目惚れし、嫁に来てもらったのですから」

「ほう、さようか」

「手前でもなんとかなりました。房興さまならば、必ずうまくいきましょう」

「そうならよいが」

「なりますとも。その鷹取屋さんという雑穀問屋ですが、手前も気にとめておきます。見つかったら、すぐにお知らせいたしますよ」

「米田屋の厚意はありがたいが、それは辞退しておく」

「どうしてでございますか」

「自分の力で見つけたいのだ。見つけられれば、きっと縁があるということであろう。なければ、どんな手立てを使っても見つかるまい。わしはそんな気がしてならぬ」

「はあ、さようでございますか。承知いたしました。では鷹取屋さんという名は、忘れることにいたしましょう。ときに――」

光右衛門が背筋を伸ばした。仁埜丞に真剣な目を当てる。

「湯瀬さまですが、剣のほうはいかがにございましょう。平川さまにお聞きしましたが、湯瀬さまは川藤さまに剣の指導をお願いしたとか」

仁埜丞が表情を和《なご》ませる。

「やはり湯瀬どののことは気になりますか」

「はい、それはもう。湯瀬さまは武家ながら手前のせがれになってくださるお方でございます。房興さまのお兄上の真興公から剣術指南役のお話があるそうでございますが、それは断るおつもりのようでございます」

「さようにござるか。それは、ちともったいないな」

仁埜丞が唇を嚙み締めていった。

「そのことについて手前は湯瀬さまからはっきりお聞きしましたし、お顔を見ていれば、断るおつもりであるのは、いわれずともわかります。川藤さまと立ち合ってご自分の未熟さを思い知らされたらしく、このところかなりお悩みの様子でございます。手前はひじょうに気になっております。もちろん、娘もでございます」

「ふむ、せっかくの話だから断ることなどないのだがな。今でも十分に強いのだ。それに、湯瀬どのはすばらしい素質の持ち主、教え方一つで、あっという間に伸びよう。それがしを凌駕《りようが》するのも、さほどときがかかるとは思えぬ。階段を駆けあがるように一足飛びに強くなる。なにより、忍耐強くまじめだ。そういう男はまちがいなく伸びる」

「さようでございますか」

「剣の素質に恵まれていても、辛抱強くなければ、そこそこで終わるものだ。幸い湯瀬どのはまじめそのものの性格だし、戦いぶりもしぶとく粘り強い。決してあきらめぬ気性の持ち主でもある。まちがいなく強くなる。米田屋どの、安心してよい」

うっすらと両目に涙を浮かべた光右衛門が、深々と頭を下げた。畳にそろえた両手がわずかに震えている。

「ありがとうございます、川藤さま。それをお聞きして、胸のつかえがおりました」

「米田屋は、湯瀬のことがかわいくてならぬのだな。本物の父親のようだぞ」

房興はいたわるようにいった。

「まことその通りでございます。手前にとりまして、実の息子も同然でございます」

「それだけかわいがってくれる人がいる。湯瀬は幸せ者よ」

房興は、女中のことをよくよく頼んで米田屋をあとにした。気分がとてもよかった。今日の空のように晴れ晴れとしている。

道を歩きはじめた房興は仁埜丞にいった。

「それにしても、湯瀬はそんなに強くなるのか。仁埜丞を凌駕するのにもさほどときはかからぬといったな。武家の一人として、わしはうらやましくてならぬ」

「素質だけで見れば、江戸でも五指に入るのではないかと思います」

「それはすごい。そういえば、湯瀬はいま府内を騒がせている盗人の頭とやり合ったとのことだったな。その頭は、隻眼らしいのにすごい遣い手だったと湯瀬はいった」

房興は仁埜丞の横顔を見つめた。

「仁埜丞、隻眼の頭に心当たりがあるのではないか。あの樺山という町方役人にきかれたとき、目が光ったぞ」

仁埜丞が静かな口調で答える。

「盗人の頭に心当たりはございませぬ。ただ、隻眼で恐ろしく強い男には、一人、心当たりがございます」

「それは誰かな」

「員弁兜太《いなべとうた》という者にございます。尾張徳川家に仕えておりますが、それがしとは異なり、国元でございます」

「国元か。ならば盗賊の頭ではないな」

「はい、さように存じます……」

房興は仁埜丞の顔をのぞきこんだ。

「屈託《くったく》ありげな物いいだな」

「員弁は、あるいは、それがしと同様に主家を致仕《ちし》したかもしれませぬ」

「致仕したとな。どうしてそう思う」

仁埜丞が動かない左腕をさすってうつむく。

「殿、それについては後日ということでよろしいでしょうか。まことに申しわけなく思いますが」

「うむ、わかった。気にせずともよい」

仁埜丞の左腕と関わりがある話かもしれぬな、と考えつつも房興は明るくいった。

「仁埜丞が話せるときがくるまで、待つことにしよう」

房興と仁埜丞は鷹取屋を探しはじめた。

一刻後、これまで見つからなかったのが嘘だったかのように、鷹取屋の看板が目に飛びこんできた。看板の隅に小さく、雑穀と記されていた。そこは、根津宮《ねづみや》永町《ながちょう》だった。

——あった。まちがいない。

房興の胸は喜びに満たされた。自力で成し遂げたという思いに体が震えた。いや、体が震えているのは、ついにおりんに会えるという気持ちがそうさせているのだろう。

房興は心を落ち着け、五間ほどの距離を取って鷹取屋を眺めた。確かに小さな店である。間口は三間ほどだ。古さを感じさせる暖簾が、冬の風にわびしげに揺れている。

薄暗い店のなかで、手代らしい若い奉公人が、二人の客と話しているのが見える。身ぶり手ぶりをまじえ、いかにも熱心である。

建物自体大きいが、建ってからかなりの年数が経過している。裏手に、家人たちの暮らす母屋があるようだ。

房興は仁埜丞をうながし、ぐるりをめぐる木塀沿いに歩いて母屋にまわった。小さな裏口が設けられていた。わざとそうしているのか、少しだけあいていた。庭掃除をしているようで、箒を使う音がしている。

もしやおりんどのではないか、と思った。いや、女中かもしれない。店では六人ばかりの奉公人を使っていると、おりんはいっていたが、そのうちの一人かもしれない。

「仁埜丞、ここで待っていてくれるか。少しなかの様子を見てきたい」

「承知いたしました」

仁埜丞がにこやかにうなずく。房興は裏口に向かって歩きはじめた。おりんがいきなり戸をあけて出てくるのではないか。そんな思いに、胸がどきどきして痛いくらいである。ゆっくりと歩いているのに、裏口はどんどん近づいてくる。

房興はちらりとのぞきこむことすらできずに裏口の前を通りすぎた。二間ほど行って、きびすを返す。また裏口の前にやってきたが、なかをのぞく決心がつかない。またもや、そのまま行きすぎた。なんとも情けない。

仁埜丞が眺めている。かすかに笑みが見えているのは、ほほえましく思っているのか。

房興は意を決した。今度は必ずのぞきこんでやる。腹に力をこめ、歩きだす。そのとき向こうからやってくる娘がいることに気づいた。

「あっ」

我知らず声が出ていた。あっ、と娘も気づいた。目を丸くする。すぐに満面に笑みをたたえ、小走りに駆け寄ってきた。その姿を見ただけで、房興の胸は一杯になった。

「房興さま」

おりんは瞳を輝かせている。房興の顔だけをまっすぐに見つめていた。

「どうしてここに」

なんといおうか、房興は一瞬、考えた。たまたま通りかかったといいそうになって、あわてて心中で首を振る。ここは正直にいうべきだ。恥ずかしいことをしているわけではないのだから。

「そなたに会いに来た」

おりんがぽっと頬を染めた。

「まことですか」

「わしは、嘘はつかぬ。前にも同じことをいったな」

「はい、河津で。でも房興さま、よくおわかりになりましたね。私、文に場所を書き忘れてしまって」

「そうだったのか。ずいぶんと探した。住まいが文に記されていないのは、たどりついてみせなさいという意味なのかと思っていた」

おりんが驚いてかぶりを振る。

「私、そんなえらそうなことはいいません。本当に書き忘れてしまったんです」

「そうか。別におりんどのを責めているわけではない。なんとかこうして無事にたどりつけた。たいへんだったが、振り返って見れば、まるでなにかの探索をしているようで楽しかった」

房興はおりんをじっと見た。

「どこかお使いにでも出ていたのか」

「いえ、お友達と会ってきたのです」

「楽しかったか」

おりんがにっこりとほほえむ。

「はい、とても」

「そうか、それはよかった」

房興は表情を引き締めた。ずっとこうして心弾む話をしていたかったが、そういうわけにもいかない。仁埜丞に視線を流した。仁埜丞は気を使っているのか、そばの木を見あげ、こちらに目を向けようとしない。

「あの、そちらのお方は」

おりんが気にした。

「おりんどのは初めてだったな。わしに仕えてくれている川藤仁埜丞という者だ」

仁埜丞が近づいてきて、おりんに挨拶した。おりんがていねいに辞儀をする。

「おりんどの、実は今日は話があってやってきた。どこかに、落ち着いて話ができそうなところはないかな」

「それでしたら」

おりんに誘《いざな》われ、三人は歩きだした。一町ほど先の、こぢんまりとした神社の脇にある茶店に入った。房興と仁埜丞は茶と団子《だんご》を注文した。おりんは甘酒だった。今日はけっこう寒く、甘酒はことのほかうまかろう、と房興は思った。幼い頃、母が甘酒を飲ませてくれたことをなつかしく思いだした。

「この神社は」

房興は縁台に腰かけつつ、たずねた。

「秋島《あきしま》神社といいます。古いお宮さんで、このあたりの子供の遊び場になっています。私もよく遊んだものです」

そうか、と房興はいった。今も子供が遊んでいるようで、にぎやかな声がきこえてくる。

茶と団子がきた。房興は茶を喫した。おりんにも甘酒が運ばれてきた。おりんが表情を和ませて口をつける。

「ああ、おいしい」

「茶もおいしいぞ」

おりんが、甘酒の入った大ぶりの湯飲みを膝の上にのせる。話をきく姿勢を取った。

それを見て、房興は顎を引いた。深く息を吸ってから、話しはじめる。

「実は先日、おりんどのの父御がうちにいらした」

「ええっ。どうしてですか」

「わしたちがおりんどのを捜していることを耳にされ、すでにおりんどのには許嫁がいるから心を惑わせないでほしい、捜さないでください、というようなことをいわれた。おりんどのの文には、嫁には行かないと書いてあり、わしは納得できなんだ。それで、こうしておりんどのに会いに来たというわけだ」

おりんが苦しげに顔をうつむける。

「おとっつあんがそういうのには理由《わけ》があるのです。実は今お店が苦しいのです」

「うまくいっておらぬのか」

「以前はよかったのですが、このところあまりよいとはいえないのです。うちより大きな同業の店が近くに支店をだしたのが相当の痛手となっているようです」

「そのこととおりんどのの許嫁とはどんな関係がある」

そのことは、房興にもなんとなく想像がついたが、あえてきいた。

「おとっつあんが許嫁といっている人は同業の方ではありませんが、百人からの奉公人を使っている大店のご主人です。そのご主人が私を見初《みそ》め、嫁にほしいとおっしゃっているようなのです。私がお嫁に行くことで、まとまったお金が店に入るのです」

「それでは、まるで人身御供《ひとみごくう》ではないか」

房興は憤然としていった。仁埜丞はやや渋い顔をしている。

「許嫁というそのあるじの歳はいくつだ」

「六十に近いときいています」

房興は目を閉じた。嫁というより、むしろ妾《めかけ》ではないかと思ったが、黙っていた。房興は目をあけ、おりんを見つめた。

「おりんどのが嫁に行くことで、どれだけの金が鷹取屋に入るか、知っているか」

「さあ、わかりません」

おりんが困惑したように答える。房興は横の仁埜丞に目を転じた。

「それがしにもわかりませぬ」

「そうか。わしにもさっぱりわからぬが、おりんどの、もし二百両あれば、嫁に行かずに済むかな」

「はい、そのくらいあれば、お店は大助かりだと思います」

「よし、わしにまかせておけ」

房興はどんと自らの胸を叩いた。

「二百両は、わしがなんとかする」

驚いて仁埜丞が房興を見つめる。それはおりんも同じだった。

「でも房興さまに頼るわけにはいきません」

「いや、頼ってくれればよいのだ。わしはそなたを助けたい。行きたくないところに嫁に行くなど、とんでもないことだ」

持参金目当てに、大名間の縁組が行われるのは、むろん知っている。町人たちや百姓衆のあいだでも、家が金に窮したために苦界《くがい》に身を沈めたり、妾奉公をしたりしなければならない娘が大勢いることも知っている。

だが房興は、おりんにはそういうことをさせたくなかった。なんとかして、この娘を守りたかった。

「おりんどの、もう一度いう。わしがなんとかするゆえ、案ずるな。わかったな」

「は、はい」

おりんが目に涙をためてうなずく。

房興はふと視線を覚え、顔をあげた。いちはやく仁埜丞がそちらを見ている。房興は、はっとした。十間ほど先に千之助が立って、こちらを見ていた。おりんはしゃくりあげており、そこに父親がいることに気づかない。房興はさすがに頬がこわばった。

千之助は厳しい顔つきでこちらを見つめていたが、ふっと肩から力を抜くと、店のほうに向かって歩きはじめた。丁稚《でっち》らしい若者を連れていた。

――なにもいわれなかったな。

怒鳴られるかもしれぬ、と身構えていたが、房興は肩から力を抜いた。おりんはまだ泣き続けている。

この姿を目の当たりにして、おりんどののことがかわいそうになったのかもしれぬ。

だからといって、大店のあるじに嫁にださないということにはならない。鷹取屋はどうしても金を必要としているのだろう。

おりんに、金のことはまかせるように、とよくよくいいきかせて、房興は茶店をあとにした。むろん、茶代は房興が支払った。

「殿、おききしてよろしいですか」

茶店から二十間ばかり離れたとき、仁埜丞が口をひらいた。

「金のことか」

「はい、さようでございます」

「きっとなんとかする。しなければならぬ。兄上に頼めば二百両くらいなんとかなるかもしれぬが、わしにその気はない。他家と同様、我が家《いえ》も台所の事情は苦しい。家臣たちには二割の俸禄《ほうろく》借り上げがずっと行われている。そういうときに、わしが甘えるわけにはいかぬ。どうしてあるじの千之助どのが、わしのことをきらったのか。つまりは、大名家ではもはや金にならぬということだな。昔は大名貸しといえば儲《もう》かるのが当たり前だったそうだが、最近では貸し倒れが多く、大名貸しをきらう商家も多いらしい」

「千之助どのはおりんどのが大名家に嫁入りすること自体、怖れているのでございましょう」

どういう意味なのか、房興は黙って耳を傾けた。

「弟君といえども、大名家に町人の娘が嫁入りするのには、とんでもないお金がかかるといいます。それだけの大金を、鷹取屋は用意できぬのでございましょうな」

「だとすると、わしはおりんどのを永久に妻に迎え入れることはできぬ」

仁埜丞が目を大きく見ひらく。

「いえ、なんとかする手立てはございます。沼里家が世話をしている、あるいは世話になっている商家にあいだに入ってもらい、鷹取屋に支度金を貸しだしてもらえばよろしゅうございます。もちろん、その支度金の払いは鷹取屋ではなく、沼里家がするということになります」

房興は顔をしかめた。

「それだと、結局は兄上にご負担をかけることになるな。できるなら、わしはそういうことは避けたい。なんとか自分の力で金を都合したいものだ。今回の二百両も、自分の力でなんとかしようと考えている」

「それはすばらしいお考えにございます」

仁埜丞が賛同してくれて、房興はうれしかった。頰に笑みをたたえる。

「では、これから大金を手に入れる算段を考えねばなりませぬな」

「うむ、必ず考えださねばならぬ。だが、たやすいことではないな。たやすく考えつくものだったら、この江戸で暮らす者の誰もが大尽《だいじん》になってもおかしくない」

そんなことを話しながら、房興と仁埜丞は家に向かって歩き続けた。

「金を稼ぐのはむずかしいものよな。まったく思い浮かばぬ。こういうとき、人というのは押し込みなどを考えるのであろうな」

柔和な仁埜丞の顔が険しいものに変わった。

「仁埜丞、そのような顔をするでない。冗談に決まっておるではないか」

「殿、お下がりくだされ」

ずい、と仁埜丞が房興の前に出た。

「どうした、仁埜丞」

問うたときには、房興はそのわけを察していた。目の前に、一見して浪人者とわかる者たちが立ちはだかったからである。浪人は全部で六人いた。すでに抜刀し、刀尖《とうせん》をこちらに向けている。

太陽は雲間から顔をのぞかせているが、すでに夕暮れが近く、刀身に当たる光は弱々しい。だが、こうして自分に向けられる真剣を目の当たりにするのは初めてで、房興には、六本の刀身は獰猛《どうもう》な獣の牙のように見えた。腰のあたりに震えが走り、それをとめることができない。近くを歩いている町人たちに笑われるのではないか。そんなことを房興は考えた。

すでにまわりには町人たちが、なんだい、なにごとだい、と声をあげて集まっていた。お侍同士の斬り合いだぜ。食い詰め浪人と大身の武家ってところかい。二対六ってのは、ちょっと若いお武家には不利だぜ。そんな無遠慮なささやき声が房興の耳に入ってくる。

この者たちはいったい何者だ。どうして仁埜丞を狙わなければならぬ。いや、狙われたのは、この房興なのか。

「お命をいただく」

一人の浪人がいい放って、刀を上段に振りあげた。ずいと進み、仁埜丞が目に入っていないかのように、房興に向かって刀を振りおろしてきた。

うおっ、と房興は声をあげかけたが、なんとかこらえた。仁埜丞がついている。自分を守ってくれないはずがない。

そのとき仁埜丞はまだ刀を抜いていなかったが、きらりと腰のあたりがきらめくのを、房興は見た。仁埜丞の右手に握られた刀が一閃し、直後、がしゃんと音を立てて、浪人の刀が地面に落ちた。

浪人が悲鳴をあげて一歩あとずさり、右手を左手で押さえる。血が滴《したた》った。地面に転がる刀の柄には、指らしいものが一本、貼りついていた。

それがどの指か、房興は覚った。仁埜丞は浪人の親指を狙って切り落としたのだ。右手の親指を失ったら、もう刀は振れない。

血を見たことで頭に血がのぼったか、他の五人がいっせいに斬りかかってきた。今度は房興ではなく、仁埜丞に向かってゆく。房興を殺す前に仁埜丞をなんとかしないと、目的を達することができぬと考えたようだ。

仁埜丞が並々ならぬ腕であることを知り、一人ずつではかなわないと覚ったらしく、まず三人が正面と左右から、ほぼ同時に斬りかかった。

仁埜丞は三人の斬撃を避けることなく、刀を大きく旋回《せんかい》させた。

三人の男の刀が振りおろされる。

だが、鉄同士の打ち合う音が響くことなく、浪人たちの刀は仁埜丞の体に届く前に、撃ち落とされた鳥のように勢いを失った。浪人たちの手を離れた三本の刀が、力なく地面に転がる。刀の柄には、それぞれ親指がくっついている。三人の浪人は最初の浪人と同じように、左手で血の噴きだす箇所を押さえていた。三人とも顔をゆがめ、うめき声を漏らしている。

　三人に続いて突っこもうとしていた残りの二人が、あわてて足をとめた。顔が蒼白《そうはく》になっている。このまま突進すれば、自分たちも同じ運命をたどるのは明白だった。

「失せろ」

　仁埜丞が低い声を発し、顎をしゃくる。

　うわあっ。無傷の一人が、大声をあげて体をひるがえす。横にいた浪人が同じように逃げだした。野次馬《やじうま》の輪を割って、姿を消した。親指を失った四人は刀を拾うこともできず、ただおろおろしている。

「行け。命だけは助けてやる。さっさと医者に診てもらえ」

　仁埜丞が四振りの刀を蹴り飛ばす。貼りついていた指がぽろりとはがれる。四人の浪人はおびえた目で刀を拾いあげたものの、鞘におさめることもできずに土を蹴って走りだした。手から血をほとばしらせながら四人は、野次馬の壁の向こうに消えていった。

　すげえ、強えなあ、何者だい、という声が野次馬のあいだからあがった。

「殿、お怪我はありませぬか」

仁埜丞が房興を気づかう。

「ああ、平気だ」

仁埜丞こそ大丈夫かとききかけて、房興は口を閉じた。すぐさま別の言葉を発する。

「今の者どもは何者だ」

むずかしい顔で仁埜丞が首を横に振る。

「明らかに殿を狙ってきました。何者かに金で雇われた者どもでございましょう」

房興はうなずいた。

「うむ。やつらは仁埜丞の腕を知らずに襲ってきた。あれは、事前の下調べがなかったということか。ただ、わしの命を奪うように命じられた下《した》っ端《ぱ》どもにすぎぬか」

それにしても、と房興は思った。自分は沼里で生まれて、育った。その後は、河津でずっとすごしてきた。江戸に出てきたのは、今回が初めてである。どう考えても狙われる理由がない。

おりんの父親の使嗾《しそう》ではないだろうか。いや、それはあまりに考えにくい。それとも、まだ沼里の権力争いが尾を引いているのだろうか。だが、それも考えられない。真興という名君を得て、お家騒動のたねはなくなったのだから。

房興は、ただ呆然とするしかなかった。

すごい。

それ以外の言葉を思いつけない。

六人の浪人どもが、房興のかどわかしにしくじった場面を石添兵太夫《いしぞえへいだゆう》は物陰から見ていた。さすがに川藤仁埜丞は遣い手である。使えるのは右手のみだというのに、強さは昔とまったく変わっていなかった。右手だけによる刀さばきで、六人はあっさりと撃退された。

房興を狙うことに決まった際、川藤仁埜丞ではないかと思える者が房興のそばについているとの知らせはあがってきており、兵太夫はまず本人かどうか、調べさせた。

左腕が動かず、どうも本人らしいということになったが、なぜ仁埜丞が房興のそばにいるのか、その理由については判然としなかった。房興が河津に流されていたときに知り合いになったとわかったものの、それ以上のことについては、はっきりしなかった。

実際、左腕が動かないこともあって、昔の腕前ではないと、兵太夫は高《たか》をくっていた。仁埜丞のことを甘く見すぎていた。六人の腕自慢の浪人で、事足りると信じていた。

だが、使えるのが右手一本になっても、天才の腕は落ちていなかった。むしろ凄みと技の切れは増していた。

川藤仁埜丞がそばについている以上、房興をかどわかすことは、そうたやすいものではなくなった。

仁埜丞をなんとかしなければ、どうすることもできない。房興のそばにいるのは仁埜丞ではないかとの知らせがあがってきたとき、すでに打てる手は打った。兵太夫は屋敷に戻った。あまり広い屋敷とはいえない。襖をあけ、居室に落ち着いた。

手を打って、腹心《ふくしん》の家臣を呼んだ。

「員辺兇太は見つかったのか」

家臣が平伏する。

「いまだ見つかっておりませぬ」

むう、と兵太夫はうなり声をあげた。

「手は尽くしているのであろうな」

「はっ。この屋敷の者すべてを使い、ほうぼう捜しております」

この屋敷の者すべてといっても、残念ながら数は知れている。

「一刻も早く捜しだせ」

二

暮れ六つすぎに家を訪ねた。

この刻限なら、房興と仁埜丞は夕餉を済ませているはずである。夜の早い江戸の町人たちの多くが寝《しん》につく刻限でもあり、庭で稽古をするとしても、好奇の目にさらされることはまずないだろう。

提灯を灯したまま、直之進は冠木門を入り、両側を垣根ではさまれた細い路地を進んだ。枝折戸の設けられたところを折れて、母屋の前に出た。

母屋には、ほんのりと明かりが灯っていた。直之進の気配を覚ったか、腰高障子が音もなく横に滑った。

座敷から出て濡縁《ぬれえん》に立ったのは仁埜丞だった。刀を右手に握り、すでに鯉口を切っていた。似つかわしくない険しい目をしていたが、直之進を認めると、表情を柔和にゆるめた。

なにかあったのだろうか。いぶかしみつつ直之進は仁埜丞の前に行き、頭を下げた。

「湯瀬直之進、さっそくまかりこしました」

「うむ、待っておりましたぞ」

にこやかにいう仁埜丞のうしろから房興が顔を見せた。

「湯瀬、よう来た」

顔がつややかで、房興は元気そうだ。房興になにかあったわけではないようだ。直之進はあらためてこうべを垂れた。

「川藤どののお言葉に甘えさせていただきました」

「うむ、わしも湯瀬が来るのを楽しみにしていた。仁埜丞に存分に稽古をつけてもらうがよい」

「はい、仰せの通りに」

「その前に湯瀬どの、よいか」

直之進は顔をあげて仁埜丞を見た。仁埜丞に、濡縁に座るようにいわれた。刀を鞘にしっかりとおさめて、仁埜丞がさっさと腰をおろす。房興は畳の上にあぐらをかいた。直之進は一礼し、濡縁の端に尻を預けた。

この三人以外には誰もいないのに、仁埜丞が声をひそめて告げた。

「実は、先ほど殿が襲われた」

「えっ、なんですと」

直之進は驚愕せざるを得なかった。房興をもう一度見つめる。房興は傷一つ負っていないようだ。そばに仁埜丞がついている以上、それは当たり前のことにすぎないのだろうが、それでも直之進は安堵の息を漏らした。

「誰に襲われたのですか」

「それがわからぬ。襲ってきたのは、六人の浪人だった」

「その六人はどうしました」

「解き放った」

「その六人の浪人は、金で雇われた者だったのですね」

「おそらくな。捕らえたところで、なにも知るまいと判断した」

直之進は深い息をついた。

「だが、どうして房興さまが狙われねばならぬのでしょう」

「それは、わしたちもわからぬのだ」

房興が首を振っていった。

「仁埜丞とも話し合ってみたのだが、さっぱりわからぬ。湯瀬、本当はわしが狙われたのではない、仁埜丞こそが狙われたのではないかと思っておらぬか」

直之進は苦笑した。

「はい、確かにそういう思いはございます」

「うむ、それも致し方なかろうな。だが、やつらは本当にわしを狙ってきた。殺そうという気はなかったかもしれぬ。あるいは、わしをかどわかそうと狙ったのかもしれぬ」

「かどわかしでございますか。それならば、沼里家から身《み》の代《しろ》を奪おうと考えたということもあり得ますね」

「うむ、それも考えてはみたのだが」

眉根を寄せて房興がいう。

「ちがうだろうということになった」

「どうしてでございますか」

「わしがかどわかされたとなれば、豊かとはいえない台所事情のなか、わしを無事に取り戻すために兄上はきっと要求通りの金子を用意してくださるであろう」

その通りだ、と直之進も思う。

「だが、かどわかしの場合、人質と金を交換するときが最もむずかしい。沼里には湯瀬をはじめとして、数多くの遣い手がおる。金とわしとの受け渡しがうまくいったにしても、湯瀬たちが賊を必ず捜しだし、捕らえよう。もしわしを殺したとなれば、賊を捕らえ、獄門に処するまで湯瀬たちの追及の手は決してゆるまぬ。どうだ、湯瀬。ちがうか」

「いえ、おっしゃる通りでございます」

「仮に一万両を奪うことに成功したとしてもどのみち、賊は命を失うことになる。それはわかりきったことだ。そんな危ない橋を渡ってまで、わしをかどわかすだろうか。しかも、沼里自体は豊かな土地とはいえ、今の沼里家の内証はいいとはいえぬ。もっと多額の金を引きだしやすい豊かな大名家はほかにいくらもあり、もっと狙いやすい暮らしをしている高貴な者だって珍しくないのではないか」

いわれてみれば、どうしても房興でなくてはならないという理由はなさそうである。それなのに房興が狙われたということは、なにかほかにわけがあるということだ。

「今わしらができることはただ一つ、警戒を怠らぬということしかない」

「はい、その通りでございます。金で雇われた者ならば、今日と同じ浪人が狙ってくることはないと思いますが、新手《あらて》が繰りだされることは十分に考えられます。川藤どのがいらっしゃれば十分かと存じますが、それがしもしばらくこちらに詰めましょうか」

直之進は申し出た。

「いや、そこまでせずともよい」

笑顔の房興がやんわりと首を振る。

「湯瀬のいうように、わしには仁埜丞がいる。仁埜丞も、一人のほうがわしを守りやすいといっている。仁埜丞がそばにいてくれる限り、わしは大船に乗った気分でいられる。湯瀬が案ずることはない」

「そうはおっしゃいますが」

「大丈夫だ。案ずるな」

「は、はい」

そこまでいわれては、直之進はうなずくしかなかった。

「真興さまには、襲われたことをお知らせなされたのでございますか」

「いや、まだだ。今宵、文をしたため、明日、飛脚をだそうと思っている。わしの文を受け取られて兄上は心配なさると思うが、知らせぬわけにはまいらぬものな。——よし、わしの話はここまでだ。湯瀬、仁埜丞との稽古をそろそろはじめよ」

立ちあがって座敷に入った仁埜丞が、二本の竹刀《しない》を手に戻ってきた。直之進は一本を渡された。袋竹刀である。久しぶりの感触だ。沼里で柳生新陰流の道場に通っていたとき以来である。

「柳生新陰流を習っていたとのことだから、湯瀬どのはすでに知っていると思うが」

仁埜丞が直之進を見つめ、言葉を紡《つむ》ぐ。

「剣を学ぶ者にとって最も大事なことは、自分自身にどれほど正直に向き合えるかということだ。なにごとにも臆《おく》することなく、常日頃から誠心誠意、その日その日をごまかすことなく生き、心にやましさを持たず、自らに恥じることのない暮らしを送り、前の日のおのれを越えられるようになれば、竹のようにまっすぐにすくすくと剣は伸びる」

「毎日の過ごし方が、そのまま剣にあらわれるということですね」

仁埜丞がにこりとする。

「まあ、そういうことだ。正直、わしもむずかしいことは不得手よ。とにかく、稽古はぶっ倒れるまでやる。そうすれば必ず無になれる。前日の自分をきっと越えられよう」

仁埜丞が直之進を見つめる。

「わしは、短所を直すようなことはせぬ。それなら長所を伸ばすのかというと、そうでもない。基本に沿って正しく刀を振れるか、それだけをまずは見る。刀を正しく振れるようになれば、短所は自然に直るし、長所はさらに伸びてゆく」

「仁埜丞、わしがきいていても、その通りだと思うぞ」

横で大きくうなずいて房興が笑顔でいう。

「ただ、耳できくほどたやすいことでないこともようわかる」

直之進は房興に微笑を向けた。

「房興さまもご一緒にとお誘いしたいのですが、どうやらご無理のようですね」

「うむ、湯瀬、わしには無理だ。剣の才はほとんどないゆえな。それに、わしは金儲けの算段をせねばならぬ」

「金儲けでございますか」

「うむ、そうだ。ある人のために、ちと金をつくらねばならぬ。——ああ、仁埜丞、済まぬ。邪魔をしてしまったな」

「いえ、邪魔などということはありませぬ」

仁埜丞が穏やかに笑む。

うながされて直之進は庭に移った。仁埜丞が正面に立つ。あたりはすでに真っ暗である。

「湯瀬どの、明かりはつけぬ。よいな」

「仁埜丞、この暗闇のなかでやるのか」

房興が驚きを隠さずに問う。

「そのつもりでおります。この闇のなかでそれがしの袋竹刀が見えるようになれば、どんな敵と戦っても、怖れることはまずなくなります。臆する心を制するのに、役立つのではないかと思っています」

なるほど、と房興がつぶやきを漏らす。

　仁埜丞が直之進に向き直った。袋竹刀を右手一本で構える。この暗さのなかだというのに、竹刀の先端がやけに大きく感じられる。直之進は息をのんだ。仁埜丞の構えには、ほれぼれするほど隙がない。威圧され、足がかたまってしまっている。

「湯瀬どの。存分に打ちこんできなされ。わしから一本取れたら、稽古は終わりだ。取れなければ、わしがよいというまで打ちこみ続けることになる。承知かな」

「承知いたしました」

　直之進は圧倒されて震えそうになる腕を持ちあげ、袋竹刀を正眼に構えた。丹《たん》田《でん》に力をこめる。

「うむ、素直なよい構えだ。湯瀬どの、いつでもよいぞ」

　直之進は静かに息を入れた。袋竹刀を振るうのはたやすいが、仁埜丞から一本取るというのは、難儀この上ないことである。だが、ひるんではいられない。行くしかない。

　直之進は地を蹴り、突っこんだ。袋竹刀を振りおろしたが、いきなり壁を叩いたような衝撃が走り、しなった竹が戻るような勢いで袋竹刀が弾かれた。

「甘い」

仁埜丞が光る目でこちらを見ている。

こんなにあっさりと弾き返されるなど、よほど自分の打ちこみ方がやわなのだろう。

直之進は、少しだけ柄をしぼりこむように握った。打ちこみに力は要らないことは知っている。竹刀の重さを利用して落としてゆく。

「どうした、なにを迷っている」

仁埜丞の叱咤《しった》が飛ぶ。直之進は、力むなよ、と自らにいいきかせながら袋竹刀を上段から振りおろしていった。

だが、またも衝撃が全身を貫き、情けないほど両腕があがってしまった。直之進は袋竹刀を引き戻し、なんとか正眼に構え直した。

「うむ、最初のよりはよかったぞ。湯瀬どの、両肩の動きに注意せよ。一瞬にすぎぬが、左の脇にわずかな隙ができる」

直之進は驚いた。これは初めていわれた。多分、仁埜丞にしか見えないのだろう。

直之進は、左の脇がひらかないように気をつけつつ、袋竹刀を振るっていた。これも激しく打ち返された。

「顎を引け」

直之進はもう一度、打ちこんだ。

「右腕に力が入っているぞ」

深く息をしてから直之進は突っこんだ。だが袋竹刀が強烈に打ち返されるや、左の肘《ひじ》にびしり、と痛みがきた。直之進は顔をしかめた。仁埜丞がにこりとする。

「痛いかな」

「痛くありませぬ」

「うむ、その意気だ。今は肘に隙ができたゆえ、打たせてもらった。隙ができれば、容赦なく打つゆえ、覚悟してもらう」

なにくそ。直之進はどおりゃあ、と気合を発し、上段から袋竹刀を見舞っていった。だが、またも両手が万歳をしてしまった。小手《こて》を叩かれ、袋竹刀を取り落とす。じーんと手の甲がしびれる。

「隙を見せまいとして、構えが小さくなっているぞ。湯瀬どの、どんとこい」

直之進はしびれたままの手で袋竹刀を拾いあげた。汗がとめどもなく出てくる。いろいろと考えるのも面倒くさくなってきた。

今はどんなことをしても、仁埜丞の体に袋竹刀はかすりさえしない。なにも考えず、ひたすら袋竹刀を振ってゆくしかなさそうだ。仁埜丞が相手なら、どんな打ちこみであろうと避けることなく受けてくれる。

できるだけ数多く袋竹刀を打ちこむ。そうすることで、いつしかきっと理想の型が見えてくるだろう。そのときこそ、仁埜丞の体に竹刀は届くにちがいなかった。

直之進は袋竹刀を振りかざし、仁埜丞めがけて突進した。


くたびれきった。

体が、ぼろ布のようにすり切れている。

直之進はふらふらになって、長屋へ向かっている。提灯ですら重く感じる。

もしここに襲いかかってくる者がいたら、どうなるのだろう。あらがうことなく殺されてしまうのではないか。

いや、そんなことはあるまい。今の自分は、以前よりもずっと研《と》ぎ澄《す》まされているのではあるまいか。

仁埜丞と稽古をするようになって、確実に強くなっている。昨日の自分では、もはやない。

長屋の井戸端での稽古は無駄ではなく、体を鍛え直すという意味でも有益だったが、あそこでどれだけ木刀を振ろうとも、今日の仁埜丞との一刻の稽古のほうが濃密だった。くらべものにならない。

体は疲労の極みにあるとはいえ、いま直之進はすがすがしい心地である。あれだけ激しい稽古はいつ以来か。もしかすると、初めてかもしれない。

おや。直之進は提灯をあげた。左側の道から出てきた三つの影が、佐之助、千勢、お咲希に見えたからだ。

「おっ、湯瀬ではないか」

佐之助が明るい声を発する。手をつないだ千勢とお咲希が佐之助のすぐうしろに従っていた。千勢がていねいに辞儀する。

「お出かけだったか」

直之進は佐之助にたずねた。

「ああ、ちと食事をしてきた」

「うまかったようだな」

「わかるか」

「ああ、三人とも満足げな顔つきだ」

特に、佐之助は穏やかな表情をしていた。これは、千勢とお咲希においしい夕餉を食べさせられたことに安堵しているからではないか。

「なにを食べた」

「牡蠣《かき》、赤貝、鮑《あわび》などだ」

「貝ばかりではないか。お咲希ちゃんくらいの子は、苦手ではないのか」

「それが大の好物なんだ」

佐之助がお咲希を見やる。お咲希がにこっとする。

そういえば、と直之進は思った。千勢も貝が大好きだった。お咲希は千勢をおっかさんと呼んでいる。千勢の好みがお咲希に移ったのかもしれない。

「湯瀬、おぬし、ずいぶんと疲れているようだな」

佐之助がじっと見据えてきた。

「剣の稽古か。師匠は川藤どのだな」

「さすがだな」

「相当きついようだが、湯瀬、楽しそうだな。充足の思いが顔に出ているぞ」

「ああ、すごいものだ。これまで味わったことのないすごさだ」

「うむ、きさまは剣に励めばよい」

「倉田《くらた》、おぬしは」

「むろん剣は捨てぬ。だが、きさまのように上は向かぬ」

佐之助の瞳は、千勢とお咲希の二人を守るためだけに生きてゆくと語っていた。

「だが、なにかあれば、必ず力は貸そう。遠慮せず俺を頼れ」

「かたじけない。必ずそうさせてもらう」

「では、これでな」

佐之助が背を向ける。千勢が一礼し、お咲希がそれにならう。直之進は、また会おう、といって佐之助たちと反対方向へ歩きだした。

「湯瀬」

背中に声がかかり、直之進は振り向いた。

「必ずやり抜け。おのれを信じろ」

「ああ、そのつもりだ」

佐之助がうなずき、にやりとした。さっと体をひるがえす。

直之進は、三人の影が見えなくなるまでその場で見送った。

腹が空いている。夕餉は稽古前に済ませているが、なにか腹に入れないと、眠れないのではないか。

貝か。直之進も好物である。店をきいておけばよかったな、と思ったが、それよりも米田屋で茶漬けでも所望するか、と考え直した。

直之進は歩きはじめた。きっとおきくが心をこめてつくってくれるはずだ。その光景を思い浮かべただけで、直之進は幸せな気持ちになれた。

やはり人は一人では生きていけぬのだな、と強く感じた。

三

詰所《つめしょ》を出た。

斜めに入りこんだ朝日を、敷石がまぶしく弾いている大門の下で珠吉が待っていた。息を手に吹きかけては、さすりさすりしている。

「おはよう」

富士太郎は明るく声をかけた。おはようございます、と珠吉が返してくる。

「珠吉、今朝は冷えこんだね」

「ええ、まったくで。この冬一番じゃありませんかね」

富士太郎も八丁堀の組屋敷から町奉行所まで、霜柱《しもばしら》をいくつも踏み潰しながらやってきた。幼い頃から大好きで、長じた今もやめられない。こんなところが珠吉に、まったく小さい頃のまんまですねえ、と笑われるゆえんかもしれない。

「珠吉、風邪は引いてないかい」

「大丈夫ですよ。あっしはここ何年も引いてませんからね」

それでも富士太郎は珠吉の顔をじっと見た。顔色はいい。頬のあたりがつやつやしている。目の下にくまができているようなこともない。これなら大丈夫だろうねと富士太郎は思った。

富士太郎の凝視は毎朝のことで、珠吉が照れたように笑う。

「ですから、あっしは大丈夫ですって。旦那こそ、どうなんですかい」

「おいらはへっちゃらさ。若いからね、風邪なんか住み着かないよ。門をくぐろうとしても、すぐに追っ払っちまう」

「若いのでも風邪にやられる者はいくらでもいますから、旦那、油断は禁物ですよ。腹をだして寝ちゃ、いけませんよ」

富士太郎は眉を八の字にした。

「珠吉、おいらはもう立派な大人だよ。そんな幼子みたいなこと、いわないでおくれよ」

珠吉が、ぺしっと自らの額を叩く。

「すみませんねえ。どうもあっしのなかじゃあ、旦那はちっちゃい頃のまんまなんですよねえ。かわいいちんちんしていましたねえ」

「珠吉、頼むから、その頭のなかの絵を、そろそろ書き換えておくれよ」

「ええ、そうしますよ。少なくとも、かわいいちんちんは消しますね。なんといっても、旦那はこれから嫁を迎える立派な大人ですからねえ」

「ありがとうっていうべきなのかね」

富士太郎は笑みを消し、真剣な顔になった。

「そうだ、珠吉。話があるんだ」

「なんですかい」

珠吉が耳を傾ける。

「大きな声ではいえないんだけどね」

富士太郎は母親の田津から、旗本三千石の姫捜しを依頼されたと告げた。

ほう、と珠吉が控えめな嘆声《たんせい》をあげた。

「三千石ですかい。ご大身ですね。そんなお家の姫君が行方知れずなんですかい。そいつはたいへんですねえ」

富士太郎は姫の名が芳絵《よしえ》であるとも伝えた。

「それでね、珠吉。例の盗人捜しはもちろん力を入れてやるつもりだけど、こっちもやらなきゃならなくなったんだ」

「でも旦那、三千石のお家なら、代々頼《だいだいだの》みの同心なり与力なりがいらっしゃるんじゃないんですかい」

代々頼みというのは、頼みつけともいい、大名や旗本の家臣が江戸市中で面倒を起こしたり、もめ事に巻きこまれたりしたとき、すぐさま内々で済ませられるように町奉行所の者がそれぞれの家の担当を持つことをいう。もちろん、盆暮れの付け届けは当然のことである。そのほかにも、少なくない金子が届くこともある。

「その家の者も事情を話して代々頼みの与力に捜してもらったようなんだけど、残念ながら見つからなかったらしい。今も捜しているらしいんだけどね」

「ああ、そうなんですかい。それで、旦那にお鉢《はち》がまわってきたってわけですね」

「うん、どうもそうらしいね」

「そいつもわかりますよ。なんといっても、ここ最近の旦那の評判はうなぎ登りですからねえ。そちらの奥方は田津さまと芝居の席で知り合ったとのことですけど、息子が腕利きの同心で、まったく運がよかったっていうわけですよ」

「珠吉、そいつはちと先走りすぎだよ」

富士太郎はたしなめた。

「まだ姫君を見つけたわけじゃないし、見つからないかもしれないんだよ」

「大丈夫ですよ。そんな心配はいりません」

珠吉が自信満々にいう。

「旦那はものの見事に見つけますって。もうすでに、その程度の技量は身につけていますからね」

「そうかい。おいらはまだまだだと思うけど、珠吉にいわれると、悪い気はしないねえ。うん、よし、珠吉、行こうかね」

「合点承知」

大門の下を出ると、冬とは思えない強い陽射しに全身が包まれた。大気はまだ冷たいが、この分なら、日があがるにしたがって、おとといのようにまたあたたかくなるのではあるまいか。

「旦那、それでどこに行くんですかい」

珠吉がうしろから声をかける。

「ああ、ごめんよ。話してなかったね。その姫君の家の者と会うんだよ」

「お屋敷を訪ねるんですかい」

「いや、外だよ。近くの料理屋で会うことになっているんだ」

その料理屋は『虎藤《とらふじ》』といった。ぐるりを黒い木塀がめぐり、落ち着いた雰囲気を醸《かも》しだしていた。

母屋も黒を基調としており、なんとなく圧されるものを富士太郎は覚えた。富士太郎たち町方同心には敷居が高すぎるが、三千石もの旗本なら、当たり前の顔で出入りしていそうである。

店は昼からなのか、まだひらいていなかったが、訪《おとな》いを入れると、ちゃんと話が通じており、富士太郎たちは奥の座敷に通された。

「旦那、こういうところはいったいどのくらいの代を取るんですかね」

匂い立つ畳に正座して、珠吉がささやき声できいてきた。

「そうさね、一回こうして座ったら、もうそれだけで小判が飛んでゆくんじゃないかね」

襖の向こう側で、咳払いがきこえた。富士太郎と珠吉は姿勢をあらためた。

「失礼いたす」

襖が静かにあき、頭が真っ白な侍が入ってきた。ていねいに辞儀し、富士太郎たちの正面に正座する。腰には脇差だけで、刀は帯びていない。店に預けてきたのだろう。

高級な店はそういうふうになっていると、前にきいたことがある。店のなかで斬り合いになるのを避けるためだ。

「それがしは清本《きよもと》家の用人、松田《まつだ》潮左衛門《ちょうざえもん》と申す。どうか、お見知り置きくだされ」

富士太郎と珠吉も名乗り返した。

「わざわざおいでくださり、まことにありがたく存ずる」

「いえ、ご心配でしょうね」

潮左衛門がやせた肩を落とす。うつむくと、顔色がどす黒く見えた。相当の心労が、のしかかっているにちがいない。

「芳絵さまですが、二月《ふたつき》前にお屋敷から姿が見えなくなったとのことですが」

「さよう。逃げだしたのでござる」

潮左衛門が苦い顔で言った。

「逃げだした――お屋敷の暮らしが、おきらいだったのでございますか」

「きらいというより、退屈で仕方なかったのでござろう」

「退屈ですか。どうして芳絵さまは退屈していたのでございますか」

潮左衛門が畳に目を落とす。心のなかに鬱積《うっせき》しているものを外に押しだすような、深いため息をついた。

「姫は小さな頃から、恐ろしいまでの剣術好きでござってな。それがしはこう見えても、そこそこ遣えるのでござるが、幼い姫に剣術を教えてくれるよう望まれたのでござる。だが、女に剣術など無用と、放っておきもうした。ところが姫はまったくあきらめず、殿にねだったのでござる。姫に甘い殿は、それがしに教えてやるようにお命じになり、仕方なくそれがしは手ほどきをいたした。それが、まちがいのもとでござった。姫は我が家《いえ》のなかでも、一番の腕になってしもうたのでござる」

「三千石の家のなかで一番ですか。それはすごい」

「すごいといわれても、うれしくはござらぬよ。今や頭の痛い姫になってしもうた」

潮左衛門が続ける。

「町に出ては供の者を撒《ま》き、酩酊《めいてい》して帰ってくるなど朝飯前。夜、屋敷を抜け出て、どこかで遊びまわって朝帰りをする。殿に監視の者をつけられても、その者たちを投げ飛ばし、叩きのめして遊びに出る始末。そして、ついに堪忍袋《かんにんぶくろ》の緒《お》が切れた殿に座敷牢に入れられたのでござる。一応、反省の色を示し、慎ましやかな面も見せていたので、殿にとってはことのほかかわいい姫でもあり、お許しになって座敷牢をだしたのでござる。だが、それがしくじりにござった。座敷牢を出た直後、殿のことをくそおやじとののしった末、姫は屋敷から姿を消してしまったのでござる。それがおよそ二月前のこと。以後、屋敷に戻らずじまいでござる」

なんともすさまじい姫だなあ、と富士太郎は心中で首を振った。どういう育て方をすれば、そんな姫が出来上がるものなのか。

「座敷牢には、どのくらい入られていたのですか」

「およそ一月《ひとつき》ほどでござろうか」

潮左衛門が力なくかぶりを振った。

「いくらなんでも、それは短すぎもうした。泣こうがわめこうが、最低でも半年は入れておけばよかった。今さら泣き言を申してもはじまらぬが」

芳絵という姫は一月ものあいだ、座敷牢でがんばってみせたのだ。意外に辛抱強い性格かもしれない。

「それはもう」

「家臣の皆さまで、ほうぼう捜しまわられたとお聞きしましたが」

潮左衛門が深くうなずいた。

「剣術道場だけでなく、酒好きということもあり、盛り場も捜しました。だが、見つかりませんでした」

途方《とほう》に暮れたという顔だ。

「今や殿のご憔悴《しょうすい》ぶりがひどく、それがしども胸を痛めているのでござる」

「さようでしょうね」

富士太郎は相づちを打った。とんでもないお跳《は》ねだといっても、かわいい娘である、心配でないはずがない。

「姫には今、さる大名家から縁談が舞いこんできてござる。樺山どのには、なんとか内密に、姫を連れ戻していただきたいのでござる。樺山どのは切れ者との評判。どうか、どうか、お願いいたす」

両手をつき、畳に額をこすりつけるように懇願する。

「姫を見つけてくださった暁《あかつき》には、お礼はたっぷり差しあげますゆえ」

「松田さま、承知いたしました。どうか、お顔をお上げください。お礼などいりませぬよ。それがしどもは、最善を尽くします。それだけはお約束いたします」

必ず芳絵さまを見つけだしますといえないのが、つらいところである。

「おう、お引き受けくださるか。まことにありがたく存ずる。樺山どの、期待いたしておりますぞ」

ほっとした顔つきの潮左衛門が懐から一枚の紙を取りだした。

「これが姫の人相書《にんそうがき》でござる」

受け取って、富士太郎は目を落とした。文字で顔形の特徴が記されているわけでなく、絵が描かれていた。

きれいな富士額《ふじびたい》がまず目に入る。なかなかの美形だなあ、と富士太郎は一目見て思った。ややつりあがった大きな目とまっすぐ通った鼻筋に、勝ち気さがよく出ている。顎が細い割に、唇はぼってりとして色気がある。

「美しいお方ですね」

「さよう」

潮左衛門が顔をしかめる。

「じっと動かずにいれば、おしとやかに見えるのでござる。それがなにをどこでどう誤ったものか、あのように育ってしまい……」

潮左衛門が首を振る。

「いや、ここで愚痴《ぐち》を言ってもはじまらぬ。樺山どの、よろしくお願いいたす」

もう一度、深々と辞儀した。

その場で潮左衛門と別れ、富士太郎と珠吉は道に出た。

「とんでもない姫さまがいたもんですね」

「うん、おいらも驚いたよ。世の中、やっぱり広いものだねえ」

「それで、旦那、どうするんですかい。芳絵という姫さまを捜すほうからはじめるんですかい」

富士太郎は、ううん、といった。

「冷たいことをいうようだけれど、そういうわけにはいかないよ。おいらたちの今の仕事は、府内を騒がせる盗人どもを捕らえることさ。松田さまには悪いけど、今はそちらの解決が先だよ」

「わかりました。あっしもそう思っていましたよ。姫さまが心配なのはよくわかりますが、そのことは江戸の町民には、まったく関わりのないことですからね」

「うん、まあ、そうだね。おいらたちは江戸の平穏を守るのが仕事だからね。まずはその平穏を乱す盗人どもを捕まえなきゃいけないってことさ」

富士太郎と珠吉は、盗賊についての聞き込みをはじめた。

午前中のあいだは手がかりはなかった。だが、昼食に焼き魚を食べて力をつけたことがよかったのか、午後に入って半刻ばかりしたとき、手がかりを得ることができた。一人の男が目の前にあらわれたのである。

風体《ふうてい》からして遊び人であるのは、一目瞭然だった。

「旦那、耳寄りな話があるんですけど」

「なんだい」

富士太郎は気軽にきいたが、珠吉は目を光らせて男をにらんでいる。

「例の盗人のことですよ」

富士太郎は男を見直した。

「なにか知っているのかい」

「ええ、ちょっとね」

「話してくれるかい」

「その前に、いただくものをいただきたいんですが」

「いくらほしいんだい」

「そうですね、五両ってところですか」

「そいつはまた強気に出たね」

「それだけの話ってことですよ」

「もう少し負けてほしいね。定廻りが、たいした扶持《ふち》をいただいていないのは知っているだろ」

わかりやしたよ、と男があっさりといった。

「三両でいいや」

「もう少し負けてほしいね」

富士太郎は同じ言葉を繰り返した。

「でも定廻りの旦那って、町々の者からいろいろと付け届けなんかがあって、裕福だってききましたぜ」

「それは、きっとほかの旦那だろう。うちの旦那は、そういうことが好きじゃねえんだ」

　珠吉が目をすごませていう。

「おめえよ、とっととしゃべんな。一朱ならすぐにやるから」

「ええっ、たった一朱ですかい」

　わかったよ、と富士太郎はいった。

「一分《いちぶ》やるから、それで手を打っておくれ」

「一分ですかい」

　男は不満そうだったが、仕方ねえなあ、と不承不承うなずいた。

「先にいただけますかい」

　富士太郎はおひねりをやった。

「ほら、これでいいだろ。さっさと話しな」

　わかりましたよ、と男がいった。

「三日前の明け方でしたかねえ、二日前だったかもしれないですけど、あっしは賊どもを見たんですよ」

「三日前かい、それともおとといかい。とても大事なことだよ」

「どっちでもいいじゃありませんか。とにかく、大内屋が盗みに入られた晩ですよ」

「じゃあ、二日前だね」

「ああ、さいですかい。その日、あっしは博打《ばくち》で大負けして、とある神社の下で寝ていたんですよ」

「この寒いのにかい」

「博打ですっからかんになると、家に帰るのも面倒くさいんで、そこの縁の下にいろいろと用意してあるんでさ。寒くないように、取りそろえているんですよ」

「なるほど、よく行くんだね。それで」

「外で人のひそめた話し声がするんで、目が覚めたんでさ。寝返りを打って、目を細めてみると、そこに五人の盗人がいたんですよ。全員がほっかむりをして、一人が千両箱を担いでいたから、すぐにわかりましたよ。ほっかむりのせいで顔は全然見えなかったんですけど、誰もいないと思ったのか、全員がほっかむりを取ったんです」

「うん、それで」

「五人のうち一人が侍らしい男で、腰に刀を差していました。あとの四人はどうやら町人のようでした。侍らしい男が頭領《とうりょう》のように見えたんですけど、顔に大きな特徴があったんですよ」

「隻眼だったんだね」

　ずばりというと、男がのけぞるように驚いた。目を丸くして富士太郎を見る。

「もうご存じだったんですかい。さすがでやすねえ」

「うん、まあね」

　富士太郎は軽くいった。さすがなのは直之進だったが、そのことを口にだすことはない。富士太郎はすぐさま男にたずねた。

「頭の目は、どっちが見えないんだい」

「左目でしたよ」

「まちがいないね」

「ええ、まちがいありませんよ」

「その男たちは、そのあとどうしたんだい」

「頭らしい侍が一人の男を殴りつけました。余計な真似をしやがってって」

　直之進のうしろにまわりこもうとした男だろう。その男がそんな動きをしたおかげで、直之進は虎口《ここう》を脱したといっていた。

「男を殴りつけたあとは」

「社殿の裏で金を分けていました。頭が六百両は取りましたね。あとは、百両ずつで山分けってところじゃありませんかね。殴られた男も、分け前だけはちゃんともらっていましたよ」

だったら、どの男もかなり金回りがいいことになる。

「金を分けたあと、男たちはどっちへ行ったんだい」

「西ですよ」

「そうかい、西かい。ところで、おまえ、名はなんというんだい」

「富来吉《ときさち》ですよ」

「富来吉、その神社に案内してくれるかい」

「ええ、お安いご用ですよ」

富士太郎と珠吉は、三内《みうち》神社というところに赴いた。音羽町の道をまっすぐに北へ向かい、護国寺に突き当たった道を左に折れて、六、七町ほど行ったところにある狭い神社だった。どうやら無住《むじゅう》のようだ。庫裏《くり》らしい建物はない。

境内を歩き進んだ富来吉がしゃがみこみ、本殿の下を指さす。

「あっしはここに寝ていたんです」

確かに、布団のようなぼろが積まれている。かなり奥のほうだ。目を凝《こ》らして見ないと、そんなものがあるなど気づかないだろう。

「おまえ、いびきは」

「かかないって、女にはいわれていますよ」

「賊どもは、このあたりで金の山分けをしたんだね」

富士太郎は本殿の裏を手で示した。

「ええ、さいです。車座に座りましてね」

富士太郎は顎の下を人さし指でかいた。

「一つきくけど、侍だという頭は、おまえに気づかなかったのかい」

「ええ、さいですよ。気づいていたら、今頃、あっしは命がありませんよね」

それはまずまちがいないだろう。

「おまえは縁の下にいて、頭はここにいたんだね」

富士太郎は頭の位置を本堂のすぐそばと仮定していった。

「ええ、さいですよ」

「つまりおまえは、左側から頭を見ていたということか。左側からということは、頭の死角だったんだね」

富士太郎は富来吉に向き直った。

「おまえ、運がいいほうかい」

「ええ、まあ、さいですね」

「その運のよさを大事にすべきだね。もし頭が反対側を向いていたら、おまえ、命はなかったよ」

富士太郎は富来吉に告げた。

「えっ、ほんとですかい」

「ああ、おいらは嘘なんかつかないよ」

富士太郎はこぢんまりとした鳥居を出て、道のまんなかに立った。

「西へ行ったのか」

珠吉がそちらを見やる。今はあまり人がおらず、なんとなく閑散としている。江戸も護国寺をすぎると、ずっと人が少なくなってくる。なかには、もう江戸ではないという人もいるくらいだ。

「こっちに賊どもの隠れ家があるんですかね」

珠吉がにらみつけていう。かもしれないね、と富士太郎はいった。

「この神社で山分けしたってことは、それぞれ別々のところに住みかがあるのかもしれないけど、ただ単に金をたっぷりと手にして、それぞれが遊びに行ったのかもしれないね」

　富士太郎はかたく腕組みをした。

「とにかく、この先を徹底して調べる必要があるね」

　珠吉がうなずき、西へと延びる道をにらみ据える。やや弱まった日を浴びた道は陰りはじめており、うっすらと靄《もや》がかかっていた。

第三章

一

どうすれば、まとまった金を手に入れることができるか。

これまでずっと考え続けてきて、房興のなかで、これだ、というものは一つしかない。

薬である。百年ほど前に御典医がつくりだし、沼里家に伝わる妙薬がある。胃の腑や肝の臓の病に著効《ちょこう》があり、それだけでなく万病に効《き》くともいわれている。河津へ湯治《とうじ》に来ていた香苗に飲ませるようにと仁埜丞に与えたとき、房興は薬の名を告げなかったが、もちろん、ちゃんとした名はついている。『肝胃《かんい》八王心《はちおうしん》』というものである。

この名がどんな由来なのか、房興は詳しいことは知らないが、八つの生薬《しょうやく》が用いられているのは確かだ。香苗の血の道の病には残念ながら効力を発揮しなかったが、それでもすばらしい薬であるのはまちがいない。

房興は、自分の部屋として用いている座敷のまんなかに大の字になった。

これまでに何度か『肝胃八王心』に助けられた。

ひどく風邪をこじらせたとき、急に心の臓のあたりが痛みはじめたとき、へその下がよじれるような痛みに襲われたとき、背中と腰に鈍痛をずっと覚えていたとき、いずれも服用をはじめて二日で快方に向かった。

大名家の台所がどこも苦しい今、それを脱するために兄の真興が『肝胃八王心』を江戸で売りだそうと考えているのならあきらめるしかないが、果たしてどうだろうか。

一応、襲われたことも合わせ、こちらで売りだしてもよいか、と文で問い合わせはした。兄のことだから、すぐに返事をくれるだろう。

もし『肝胃八王心』の売り出しが駄目だったときのことも合わせて考えておく必要がある。金ができなければ、おりんは人の妻になってしまうのだ。

せっかく憬《あこが》れの江戸に出てきたというのに、いきなりそんな結末は迎えたくない。なんとかしなければならない。

だが、いくら天井をにらみつけて考えたところでいい案は浮かばない。じれったくて、大声が出そうだ。

「殿、どうされました」

仁埜丞が声をかけてきた。房興はあわてて起きあがった。

「仁埜丞、いつ入ってきた」

「たった今でございます。声をかけさせていただきましたが、お返事がなかったもので、勝手に入ってまいりました。殿、お茶をお持ちいたしました」

仁埜丞が茶托の上に湯のみを置いた。すまぬ、と房興は湯飲みを手に取った。じんわりとしたあたたかみが伝わる。それが、仁埜丞の人柄そのもののように思えた。

「仁埜丞。今、どうされました、といったな」

「はい、申しました。殿がうなり声をだしておられましたので」

仁埜丞が房興の前に正座し、見つめてくる。

「お金の算段のことで、頭を悩ませておいでなのですね」

「うむ、そうだ。例の『肝胃八王心』以外のことで、これぞという考えは出てこぬ。まったく役に立たぬ頭よ。これまでなんのために必死に学問をしてきたのか」

「学問では、お金を得るための手立ては浮かびませぬ。学問とは世俗のそういうところを離れてこそ、高尚さが輝いてまいるものにございますから」

仁埜丞が唇を嚙み締める。

「えらそうなことを申しあげてすみませぬ。とにかく、お金を稼ぐのは、たいへんなことでございます」

「うむ、楽に稼げるような手立てはこの世にないな。ずっと考え続けてきて、つくづくとわかった」

「人が楽をしないように、この世はできているのでございましょう。楽をすると、人は駄目になりますからな」

「うむ。政《まつりごと》を行う者に、駄目になる手合いが多いような気がするな。上を目指しているときはすばらしい人物なのだが、いざ権力の座についてしまうと、とても同じ者とは思えぬ下司《げす》な者に成り下がっている。甘い汁を吸って駄目になる典型といってよかろう」

「それは沼里のことでございますか」

「わしは沼里のことしか知らぬゆえ。今は兄上が目を光らせておられるから、その心配はいらぬのだろうが」

「仮に真興さまのお目が届かぬことがあったにしても、天網恢々疎《てんもうかいかいそ》にして漏《も》らさず、と申します。甘い汁を吸っていい目を見た者どもはその後、いい死に方をしないようにできておりもうす。それは沼里に限らず、天下の政を担う者も同じでございましょう」

「ならば、地獄はそのような者で一杯かな」

「閻魔《えんま》さまもたっぷりと仕事があって、悲鳴をあげているかもしれませぬ」

「閻魔さまも楽には稼げぬということだな」

ふふ、と笑って房興は茶をすすった。仁埜丞も微笑している。

房興は一つ思いついたことがあった。実際には以前から頭にあったのだが、仁埜丞の前でいうのは、はばかられ、これまで口にしなかった。

「楽をすると駄目になるという話をして、こんなことを申すのもなんだが、仁埜丞、博打はどうだ」

仁埜丞が苦い薬をのんだような顔になる。

「殿もご存じでございましょうが、博打はよろしきものではありませぬ。儲かることはまずございますまい。儲かるのは、場所を供する者と決まっております」

「博打は性に合っておらぬ。だが、仁埜丞なら儲かりそうな気がする」

「それがしにも無理でございます」

「剣の達人の勘をもってしても駄目か」

「それがしの目は、賽《さい》の目を見るようにはできておりませぬ」

「そうか。ならば、あきらめるか」

「繰り返しになりますが、博打で儲けている者がいるとは思えませぬ。それに、一晩やそこらで、二百両もの大金を手に入れるのは、まず無理でございましょうな。負けるのは、たやすいことでございましょうが」

「ふむ、そういうものか」

房興は腕組みをした。

「兄上は、何度か賭場に行ったことがあるとおっしゃっていた。やはりお勝ちになったことはないそうだが、鉄火場《てっかば》と呼ばれる場所の雰囲気が実に楽しかったとのことだ。やけどしそうな熱気が渦巻き、男たちのぎらぎらした眼差しが獣のようで、初めて入ったときは、腰のあたりが震えたそうだ」

仁埜丞が房興をじっと見る。

「大金をつくる云々《うんぬん》は別にして、足をお運びになりたいのではございませぬか」

房興は大きく顎を引いた。

「その通りだ。是非とも行ってみたい」

「それでしたら、最初から正直におっしゃればよいではありませぬか。殿らしくございませぬぞ」

「すまぬ。だが、いいだしにくかった。狙われている身としては……」

「おっしゃる通りでございます。出かければ、また襲われるかもしれませぬ。賭場は喧噪《けんそう》と熱気だけでなく、荒《あら》くれどもがうじゃうじゃしております。もしそんなところで新手に狙われたら、それがしでも殿をお守りしきれぬかもしれませぬ」

「そうか。ならば、あきらめるしかないか」

房興は自分に言いきかせるようにつぶやいた。仁埜丞が気の毒そうに見る。

「真興さまのもとに殿の御文が届けば、上屋敷からいずれ、大勢の人が出張ってまいりましょうな」

「うむ。今はまだ上屋敷に知らせておらぬゆえ、来ておらぬだけのこと。おそらく湯瀬も知らせてはおるまい」

「上屋敷から人がやってきたら、殿はもはや自由に動きまわれませぬな。わかりました」

仁埜丞が明るい口調でいった。

「今宵、まいりましょう。殿はお若い。行かずに後悔するより、行って後悔するほうがよろしゅうございます」

「だが仁埜丞、大丈夫か。行けるとなると、心細くなる」

「先ほどはお守りしきれぬというようなことを申しましたが、あれはお忘れください。それがしは、殿を襲う者どもに指一本、決して触れさせませぬ」

そこまできいて、房興にもはやためらいはなかった。

「仁埜丞、まいろう」

「承知いたしました」

房興の決断を尊重するように、仁埜丞が深々と頭を下げた。

「湯瀬どのとの稽古が終わったら、出かけることにいたしましょう。徹夜になるかもしれませぬ。今日は、眠れるときにお眠りになったほうがよいかもしれませぬ」

「うむ、わかった。ときに仁埜丞、そなたは賭場に出入りしたことがあるのか」

「ございませぬ。江戸生まれの江戸育ち、噂だけはいくらでも耳に入ります」

「どこにあるのか、知っているのか」

仁埜丞が穏やかな光を目に宿す。

「おおよそは。まあ、行けばわかるものと気軽に考えております」

夜まですることがなく、房興は自室にこもり、文机の前に座って書見をした。一刻ほどで飽き、書物を閉じた。ごろりと畳の上に横になり、天井を見つめる。

頭をよぎるのは、大金を得る手立てはないか、ということである。だが、どう頭をひねってみても思いつかない。

ふと、天井におりんの顔が映りこんだ。今どうしているのだろう。河津で初めて会ったとき、店は得意先に恵まれて順調だといっていた。あれは決して嘘をついたわけではあるまい。家人にきかされるなりして、本当にそう信じていたのだろう。

河津には祖父と祖母が湯治に来ており、おりんたちもついてきたといっていたが、地元では最上の宿である辰巳屋《たつみや》に泊まっていたのも、おりんの許嫁といわれる男がお膳立てをしたのかもしれない。

昼餉をとり、夕餉を食した。

その後、直之進が訪ねてきた。今夜も明かりは灯さず、暗闇のなかでの稽古だった。

見ている房興の胸が痛くなるような、激しい打ち合いが庭で繰り広げられた。袋竹刀がすさまじい音を立て、すでに眠りについている近所の者たちが目を覚まさないかと心配になってしまう。

仁埜丞のすごさは相変わらずだが、素人《しろうと》の自分から見ても、直之進は昨日より明らかに強くなっていた。まさに仁埜丞のいう通り、直之進は達人への階段を駆けあがりはじめたのではあるまいか。

直之進には、そのことがわかっているのだろうか。仁埜丞の稽古は厳しく、きっと苦しくてならないだろうが、ときおり輝くような表情を垣間見せることがある。なにかを一つつかむたびに、その表情を見せるような気がしてならない。苦しいが、それ以上に楽しくてならない。そんななかに直之進は身を投じているのだ。

一刻の稽古が終わり、直之進がへとへとになって帰ってゆく。

下帯一枚になった仁埜丞が掘り抜き井戸に歩み寄り、水を汲《く》みあげた。それを頭からかぶる。この季節、見ているこちらに震えが走るような光景である。

昨日も仁埜丞は同じことをしたが、房興には決して慣れることがない。

「大丈夫なのか、この寒いなか」

仁埜丞が手ぬぐいで、鍛えあげられた体をごしごしとぬぐう。

「湯瀬どのの成長ぶりには、目をみはらされます。こちらもつい、熱が入ります。その熱は、このくらいではなかなか冷めるものではありませぬ」

「湯瀬はやはり強くなっているか」

「はい。昨日より、ずっと手こずらされました」

「ふむ、わしにはそこまではわからなかったが、湯瀬の素質をほめあげた仁埜丞の気持ちは伝わってきた」

にこにこと仁埜丞は満足そうだ。家にあがって新たな着物を身につけ、刀を腰に帯びた。

「殿、ご用意はよろしいですか」

「うむ、万端ととのっておる」

「では、まいりましょうか」

房興と仁埜丞は生垣にはさまれた細い路地を進んで、冠木門のところにやってきた。扉をあける前に、仁埜丞が外の気配を探る。

「うむ、よいでしょう」

仁埜丞が提灯に火を入れる。

「殿、それがしに遅れぬようにお願いいたします」

「承知した」

提灯を手に仁埜丞が歩きだす。ゆっくりとした歩調は、あたりに警戒の視線を放っているからだ。仁埜丞は提灯の光が届かない暗みに、しきりに目を向けている。その目はどんな闇でも見透かすのである。

刻限は、五つを少しすぎていた。


「ここでございます」

四半刻ほど歩いて仁埜丞が足をとめたのは、寺の山門前である。低い塀越しに闇を透かしてみたが、境内はせまく、本堂も小さい。鐘楼《しょうろう》も梵鐘《ぼんしょう》自体もどこか古ぼけている。檀家《だんか》にはあまり恵まれておらず、いかにも貧乏寺という雰囲気が漂っていた。

山門は閉じられているが、扉の手前に数人のやくざ者がたむろし、低い声でなにごとかしゃべっていた。ときおり抑えた笑い声が漏れる。こちらを少し気にしている。

仁埜丞が房興に、うしろにいるようにいった。

「おい、入れてくれ」

仁埜丞がやくざ者の前に立った。

「どちらさまですかい」

体のがっしりとした男が、酒で喉をやられたようなしわがれ声できいてきた。

「客だ」

やくざ者たちが、値踏みするような目をそろって向けてきた。

「お名は」

仁埜丞が、星柿之助《ほしかきのすけ》という適当な偽名を告げた。

干し柿から思いついたのだな、と房興は覚った。このところ、江戸の町でも軒下につり下がっているのをよく見かける。

「お侍、どなたかの紹介ですかい」

「いや、誰の紹介でもない。ここがいい賭場だという噂をききつけて、やってきたのだ。稼がせてもらいに来た」

「お二人ですね」

「そうだ。驚かずにきいてほしいのだが、こちらはさる大名の弟御だ」

房興はどきりとしたが、やくざ者たちが信じた様子はない。へへ、と一人がつまらなそうに笑っただけだ。

「お足はお持ちですかい」

「むろん」

仁埜丞が財布を取りだす。なかから小判を五枚、つかみだして見せた。これには、房興が驚かされた。

「ほう、けっこうお持ちですね」

「うむ。今宵の元手だ。これを倍にしなければならぬ。そのために、わざわざまかり越したのだ」

「そいつはどうもご苦労さんでございます。どうぞ、お入りになってください」

にたにたと笑ったやくざ者が、商人のようにもみ手をしている。鴨《かも》が葱《ねぎ》をしょってきたと思っているのは明らかである。

「おい、あけてくれ。客人だ」

その声に応じ、山門のくぐり戸がひらく。人相の悪い男が顔をのぞかせた。

「お二人だ。お通ししてくれ」

仁埜丞と房興は境内に足を踏み入れた。門のそばにやくざ者が五人ばかりいた。すさんだ目で房興たちを見る。

「どうぞ、こちらです」

本堂に連れていかれるのかと思ったが、向かったのは庫裏《くり》だった。庫裏自体は狭いが、裏に増築された建物が続いており、そこだけは新しかった。細長い形をした建物で、建ってまだ数年だろう。そこが賭場だった。

「お腰の物をお預かりいたします」

やくざ者の一人が房興と仁埜丞に申し出た。諍《いさか》いになったときに刀がないほうがよいに決まっているし、穏やかそうに見える者が足を踏み入れた途端、賭場荒らしに豹変《ひょうへん》しないとも限らない。

房興と仁埜丞は、逆らうことなく両刀を手渡した。うやうやしく受け取り、奥のほうに持ってゆく。それを仁埜丞は目で追いかけていた。

賭場は表からはまったく見えないところにあり、広さはなんと四十畳ほどもあった。先客が三十人以上はおり、血走った目を壺振《つぼふ》りとさいころに向けていた。冬だというのに、なかは暑いくらいである。

客は商人とおぼしき者が多いようだが、富裕な百姓らしい者のほかに、侍も何組かまじっていた。百目《ひやくめ》ろうそくが要所に十本以上も灯され、なかは夕暮れほどの明るさに保たれている。百目ろうそくはひじょうに高価で、この賭場の豊かさを物語っている。

まず帳場に行って、仁埜丞が一両を木の札に替えた。

「これは駒といいます。これを使って賭けるのです」

見ると、確かに客たちは駒を自分の前に置いている。

「しばらくは、こちらで勝負の様子を眺めましょう」

客たちからやや離れた壁際に、房興たちは座を占めた。房興は物珍しくて、あちこちを眺めた。やくざ者は、二十人はいるだろう。外に十人はいた。なかなかの勢威を誇っている一家なのではないか。

「おや」

我知らず声が出た。

「どうされました」

「あそこにいるのは用心棒かな」

仁埜丞が目を投げる。

五間ほど離れたところに、床にあぐらをかいて座りこみ、太い柱に背中を預けている者がいる。刀を両手で抱いているが、体つきがいかにも華奢《きやしや》で、刀の長さが体に合っていないように見えた。博打など興味なさげに目を閉じて、居眠りをしているように見えるが、妙な気配を発している者がいないか全身で探っている、そんな気がした。

「そのようでございますが、あれはおなごでございましょうか。しかも、かなり若いようでございますな」

「うむ、わしにもそう見える」

豊かな髪をうしろでまとめている。格好は浪人のように着流し姿だ。今にも裾のあいだから白い太ももがのぞきそうだが、そのあたりの用心は怠っていないのか、実際には見えていない。

「ここでは、女を用心棒にしているのでございますかな」

ほかに用心棒らしい男は見当たらないから、きっとそういうことなのだろう。

仁埜丞が女用心棒を見つめる。

「ふむ、たった一人でこれだけの賭場をまかされているだけのことはあって、腕は相当のものですな」

「そうか。相当の腕か」

視線を感じたのか、女が顔をあげ、物憂《ものう》げな目を房興たちに向けてきた。だがすぐに目を閉じ、また顔をうつむけた。

「丁半博打《ちょうはん》ときくが、どういう流れだ」

女用心棒から目をはずし、房興は仁埜丞にきいた。

「賭けが行われている場所を、盆ござといいます。壺振りの向かいに座っている者を、中盆《なかぼん》と呼びます」

仁埜丞が控えめに指さした。諸肌脱《もろはだぬ》ぎになっている男が壺振りの前に確かにいる。迫力ある目を、客たちに油断なく配っている。

「中盆はあの場を差配する者です。客は駒を、丁に賭ける場合は中盆側、半の場合は壺振り側に押しだします。丁と半、両者の数がそろって初めて賭けが成立し、壺ざると呼ばれるものがひらかれます。二つのさいころの目の合計が偶数なら丁、奇数なら半でございます。勝者には駒が与えられ、敗者の前からは消え去ります。こういう流れでございますが、殿、よろしゅうございますか」

「うむ、わかりやすいな。しかも、勝負が早いのがなによりよい。それを客たちも楽しんでいるように見える」

やくざ者の一人が寄ってきた。

「そろそろいかがですかい」

「よかろう」

仁埜丞がうなずいて、房興を見た。

「まずはやってみましょう」

房興たちは盆ござの前に座りこんだ。壺振りが鮮やかな手つきで二つのさいころを壺ざるに入れ、盆ござの上に伏せて置いた。

「さあ、入った。皆の衆、さくさく張ってくれ。さあ、張った、張った」

中盆が声を張りあげる。客たちのぎらついた目が壺ざるに集中する。賽の目を透かし見る力があったらどんなにいいだろう、と誰もが考えているはずだ。

「どちらにお賭けになりますか」

「わしが賭けてもよいのか」

「もちろんでございます。そのためにやってきたのでございますから」

房興は素早く考えた。

「足りぬほうに行こう」

その声がきこえたかのように、半方ないか、半方ないか、と中盆が客たちに呼びかけた。

いる。

房興は食い入るような目で、壺ざるを見つめた。仁埜丞は穏やかな表情をしてる者がおり、丁半、駒がそろったようだ。

「半」

よく通る声でいって、房興は壺振りの側に駒を押しだした。ほかにも半に賭ける者がおり、丁半、駒がそろったようだ。

「勝負――」

鋭い声とともに壺ざるがひらかれた。

「一四《よいち》の半」

駒が一気に倍になった。房興は笑顔を仁埜丞に向けた。

「幸先《さいさき》よいな」

だが、それからは勝ったり負けたりを繰り返した。駒は徐々に少なくなってゆく。勝ったときは五分の寺銭《てらせん》を持っていかれるから、どこかで大きな勝負に勝たない限り、じり貧になってゆく。仁埜丞によれば、この賭場はまだいいほうで、ひどいところでは一割もの寺銭を取るらしい。それがいわゆるピンハネというものだそうだ。

それでも、おもしろい。房興は十分に楽しめた。病みつきになりそうだ。借金してでも賭場に通い詰める者がいるのも、納得できる。

勝負を二刻ばかり続けたが、最初の一両をすべて擦ることはなかった。新しい客に味をしめさせるために儲けさせる手があるというが、ここで行われた勝負は真剣そのものだったと思う。この一家の者どもがいかさまを行わないとはいわないが、房興が熱中しているあいだはなかったのではないか。仁埜丞がいかさまを見逃すはずがない。

「一休みいたしましょうか」

仁埜丞にいわれ、駒を手に房興は最初に様子見をした壁際に座った。

「お疲れではございませぬか」

「いや、平気だ。疲れはない。ますます目は冴えてきている」

強がりでなく房興がいったとき、つと仁埜丞が外のほうに目をやった。といっても、そこは木の壁で仕切られている。仁埜丞の瞳にわずかに厳しさが宿った。

「殿、引きあげましょう」

「どうした」

「外が騒がしいのでございます。なにやら、門のほうで押し問答をしているような」

「押し問答とな」

房興は耳を澄ませたが、なにもきこえてこない。仁埜丞が眉を曇らせる。

「どうやら、ここの者は心付けをけちったのかもしれませぬな」

房興はその言葉で、なにが起きようとしているのか覚った。ささやき声でいう。

「寺社奉行の手入れか」

女用心棒のことが気になり、房興は姿を探した。背中を預けていた柱にはいない。騒ぎに気づいて、外に出ていったのだろうか。

「急ぎましょう。今ならまだ、大騒ぎになる前に抜けられます」

すっくと立ちあがった仁埜丞が、残りの駒を帳場で現金に換えた。二分とわずかばかりのびた銭が戻ってきた。

「刀を頼む」

「へい、入口でお渡しいたしますので、あちらでお持ちくだせえ」

帳場の者が、下っ端の男に刀を持ってくるように命じた。へい、と答えて男が奥に向かった。房興と仁埜丞は入口に移動した。

だが、男はなかなか刀を持ってこない。房興は再び耳を澄ませた。かすかだが、物音らしいものを耳がとらえた。寺社の捕り手が近づきつつあるのだ。おそらく番をしていたやくざ者たちは、声をあげる間もなく捕らえられたのではないか。早くしろ、と房興の心は焦るが、奥に行ったきり男は姿を見せない。

ようやく戻ってきた。男が刀と脇差を二本ずつ手にしている。

「すみません、お待たせしちまって。こちらでようがすかい」

「うむ、よかろう」

仁埜丞がうなずき、まず自分の刀を受け取り、腰に差した。

「さあ、まいりましょう」

房興に刀を手渡してきた。房興は素早く両刀を帯びた。戸口に向かおうとするのを、仁埜丞がとどめる。

「そちらはいけませせぬ。すでに手がまわっておりもうす。こちらにまいりましょう」

息をひそめて、乗りこむ瞬間を待っている捕り手たちの姿が脳裏に浮かぶ。房興と仁埜丞は左手に向かって、急ぎ足で歩きはじめた。

「そっちに出口があるのか」

「おそらく、手入れに備えて逃げ口が設けられているはずでございます」

いきなり三人のやくざ者が立ちふさがった。粘るような目で、ねめつけてくる。

「お侍方、こっらは出口じゃあねえんですよ。申しわけねえですけど、お戻りくださいますかい」

「すまぬな、あちらはふさがっているんだ」

仁埜丞がいきなり一人の襟をつかむや投げ飛ばし、二人の顔を殴りつけた。右手一本だったが、両手を使える者よりずっと素早い動きだ。三人の男が、房興の視野からあっさりと消えた。ほかのやくざ者が気づいて、なにしやがるっ、と声をあげたのと、さっきまで房興たちが立っていた出入口の戸が蹴破られたのとが、ほぼ同時だった。

「御用、御用」

刺股《さすまた》、袖搦《そでがらみ》、突棒《つくぼう》を手にした捕り手たちが突っこんできた。御用提灯、龕灯《がんどう》を手にしている者もいる。いずれも鉢巻をしていた。三十人は優に超えるのではあるまいか。

「神妙にしろ」

捕り手たちを指揮している与力らしい侍が叫ぶ。

手入れだっ。

逃げろっ。

泡を食って立ちあがった客が悲鳴を発し、当てもなく逃げようとする。客同士がぶつかり、駒が引っ繰り返る。盆ござのそばのろうそくが倒れる。そこに捕り手たちが殺到する。

感心したことに、てめえ、この野郎、と叫んで、やくざ者が捕り手に向かってゆく。その間に客たちを逃がそうというのだろう。

「手向かいすると、容赦はせぬぞ」

与力の叫びが響き渡る。そのあいだにもろうそくが次々に消され、賭場内はあっという間に闇に包みこまれた。龕灯や御用提灯が発する光が交錯し、声をあげて逃げ惑う客の姿を照らしだす。龕灯のつくる光の筒に、恐怖におびえる客の顔が入りこむ。それもすぐに筒の外に消え去った。

——あれが寺社方なのか。

房興は我知らず見つめたが、寺社方の捕物の場合、捕縛に一日の長がある町方が手を貸すこともあるとの話を耳にしている。あれらは、ほとんどが町方なのではないか。あのなかに樺山富士太郎はいるのだろうか。

「さあ、まいりましょう」

仁埜丞がうながす。房興は見えない手に背中を押されるようにして歩きだした。まだ捕り手の波はこちらまで届いていない。距離は十分にある。房興たちには余裕があった。

悲鳴のような女の声がきこえた。その声につられ、房興は振り返った。

御用提灯の輪のなかに、あの女用心棒が立っていた。刀を振るっている。耳を打ったのは悲鳴ではなく、気合であるのを房興は知った。

闇に浮かぶ女用心棒の足さばきがすばらしい。ひらりひらりと動くたびに刀が舞う。優雅な舞を見ているかのような華麗さである。斬撃を見舞うたびに、豊かな髪もふわりと揺れる。大仰《おおぎょう》な声とともに、御用提灯がうしろにどっと下がる。

どうやら、女用心棒は捕り手たちを斬ろうとはしていない。捕り手に一人も傷ついた者がいないのだ。捕り手の注意を少しでも自分に引きつけ、そのあいだに客たちに逃げる時間を与えるつもりでいるのだろう。見ていて、胸のすくような奮戦ぶりである。

だが、女用心棒の思惑通りにことは進まず、逃げ惑う客たちは次々にお縄になってゆく。やくざ者たちも、次々に叩き伏せられた。

女用心棒を囲む捕り手の壁が徐々に厚みを増し、じわりじわりとその輪をせばめてゆく。すでに女用心棒は逃げ場を失っている。必死に刀を振るっているだけだ。このままでは刺股や袖搦、突棒の餌食《えじき》になって、あの女用心棒も捕らえられてしまうだろう。

「仁埜丞、あの娘を助けてくれ」

放っておけず、房興は頼みこんだ。

「承知しました」

手ぬぐいでほっかむりをするや、刀を抜くことなく仁埜丞が戦いの輪に突進する。女用心棒に背後から飛びかかろうとした捕り手を殴りつけ、突棒を奪い取った。

仁埜丞が右手一本で突棒を振りおろし、突きだし、横に払う。そのたびに捕り手が倒れ、体を折ってしゃがみこみ、足をすくわれて背中から落ちる。

仁埜丞はほんの数瞬で、十人以上の捕り手を倒した。こっちに来いと、女用心棒に目くばせする。

女用心棒は仁埜丞のあまりの手練《てだれ》ぶりに呆然としていたが、大きくうなずくや、我に返ったように走りだした。刀を肩に置く。

二人は房興のほうに向かってくる。

我を失っていたのは、捕り手たちも同様だった。気づいたようにわらわらと追ってきた。

そこに仁埜丞が立ちふさがり、突棒を再び自在に振るいはじめた。七、八人があっさりと倒され、床に這いつくばった。

それで、捕り手たちの足がぴたりととまった。捕物十手を持つ数人の同心も、立ちすくんだまま仁埜丞を見つめている。御用提灯と龕灯の明かりが、女用心棒をかばうように仁王立ちする仁埜丞を照らしだしている。

その姿を見て、房興は息をのんだ。仁埜丞が戦場を縦横に駆けまわる無敵の戦国武将のように見えた。捕り手たちの目には、悪鬼と映っているのではあるまいか。

床を蹴って仁埜丞が再び突っこむ。捕り手たちの輪が一気に崩れる。仁埜丞が御用提灯や龕灯を叩き落としはじめた。

賭場内はまたも闇に包まれた。やや遠いところで、一家の者が消し忘れたらしい一本の百目ろうそくが炎を揺らめかせているにすぎない。突棒を投げ捨てた仁埜丞が女用心棒の手をつかみ、後ずさりする。仁埜丞が得物を捨てたにもかかわらず、捕り手たちは気迫に押されたように身動き一つしない。

じりじりとうしろ向きに下がった仁埜丞が、房興のそばにやってきた。

「殿、まいりましょう」

殿、というのを耳にして、女用心棒がちらりと房興を見る。はっとしたような顔になった。わしを知っているのか、と房興は見返したが、どう見ても初めて会う女である。顔が上気《じょうき》し、熱っぽい目をしていた。

三人は建物の裏口を抜けた。こちらに捕り手の姿はない。強い風が吹き渡り、木々を騒がせているが、冬らしい冷涼さが境内を支配している。それが房興にはありがたかった。新鮮な大気を、むさぼるように吸いこむ。

足をとめることなく境内の裏手から出た。足早に道を歩きだす。うしろから追いかけてくる者は一人もいない。

仁埜丞はすでに手を放していたが、女は素直についてくる。刀はいつしか鞘にしまいこんでいた。足取りは軽い。

「あんたら、誰」

いきなり乱暴な言葉遣いできいてきた。房興と仁埜丞は顔を見合わせた。女は明らかに武家で、美しい顔立ちにもかかわらず、粗野《そや》な言葉を使ったことに面食らったのである。

ただ、わざとそんな言葉遣いをしているのではないか、と房興はなんとなく思った。

「どこに行く気なの」

「そなたの住まいは」

仁埜丞が穏やかな口調でたずねる。

「ないわ」

「ないとは」

「捨てたのよ」

「あったことはあったのか」

「それはそうよ。私だって木の股から生まれたわけじゃないわ」

「そなた、名は」

「あんたらは」

仁埜丞がおかしそうに笑った。

「殿、答えてもよろしいでしょうか」

「うむ」

仁埜丞が女に顔を向ける。

「こちらが梨田桃之進《なしだもものしん》さま。わしは星柿之助という」

女が怪訝《けげん》そうにする。その顔を見て、房興は噴きだしかけた。

「二人とも本名なの。梨に桃に干し柿だなんて、冗談みたいね」

「うむ、冗談だ」

仁埜丞がまじめな顔でいい、本名を告げた。

「なんだ、そうだったの」

女が胸を押さえる。

「あー、驚いた。ちゃんとした名があったのね。房興さんに仁埜丞さんね。覚えたわ」

「今度はそなたの番だ」

「私は月代《つきよ》というの」

仁埜丞が空を見あげる。

「今宵は別に月が出ているわけではないが、それでよいのか」

女が肩をすくめる。

「あら、偽名だってばれちゃったのね。冗談よ。それなら私も本名をいうわ」

芳絵とのことだ。美しく、しとやかさを感じさせる名である。本来の性格をあらわしているのではないか。房興はそんな気がした。いいほうに見すぎだろうか。

「その名は、父御《ててご》がつけたのか」

ここで初めて房興は言葉を発した。

「祖父よ。やさしい人だった。もう死んじゃったけど」

暗い空を眺めている。その横顔が美しい、と房興は思った。その視線に気づいたように、芳絵が上目遣いに房興を見つめる。また目が潤んでいるように見えた。

「房興さんは殿って呼ばれているけど、どういう人なの」

「なに、単なる部屋住にすぎぬ。仁埜丞が勝手に呼んでいるだけだ」

「どこに住んでいるの」

「近くだ。四半刻ばかりかな」

「連れていって」

房興は困惑した。どうする、という目で仁埜丞を見る。

「実家に行く気はないのだな。ほかに行くところはないのか」

仁埜丞が芳絵にたずねる。

「ええ、ないわ。いまの一家には一月《ひとつき》半近く世話になってありがたかったけど、手入れがあっちゃあ、もう戻れないわね」

仁埜丞が房興を見る。仕方ありませんでしょう、という顔をしている。

「よし、芳絵どの。今宵は泊めてさしあげよう。ただし、明日には出ていってもらう」

「うれしいわ」

芳絵がにこにこする。

「房興さん、お礼にこうしてあげる」

いきなり抱きついてきた。うわっ、と房興は声をあげた。

「こら、なにをするんだ」

仁埜丞があわてて芳絵を引きはがす。

「だって、うれしいんだもの」

ぺろっと舌をだす。

芳絵の体のやわらかさに、房興はどきどきした。恥ずかしくて、芳絵から顔をそむけて歩く。芳絵がじっとうしろから見つめている。視線があまりに強すぎて、房興にもはっきりとそれがわかる。

歩を運びながら、江戸は広いなとつくづく思った。こんな女は沼里にはまずいない。江戸に来たからこそ会えた。

このようなことを狙って真興が江戸にだしてくれたはずはないが、房興の見聞は確実に広がってゆく。

芳絵の登場で、そのことが深く実感できた。

二

正直、うらやましい。

ときがたてばたつほど、その思いは募ってくる。

あの仁埜丞に剣を習えるなど、直之進はなんと恵まれていることか。それに引きくらべて、おのれはどうなのだ。

佐之助は膳を見つめた。きんぴらごぼうが、ぼんやりと瞳に映っている。

剣などにさしたる興味はないというようなことを、つい口にしてしまった。

あれは本意ではない。自分だって、侍の端くれである。強くなりたい。どうしてあんなことをいってしまったのか。

あのときは、久しぶりに外で食事をしたばかりだった。料理のおいしさに感嘆し、満腹だったことで、気持ちがゆったりしていたのは事実である。とはいえ、気のゆるみの一言で片づけてよいものか。取り返しがつかないことをしたような気さえする。

「あなたさま、どうされました」

気がかりそうに千勢がきいてきた。

「お箸がとまっています」

「ああ、すまぬ」

佐之助はきんぴらを箸でつまみ、口に持っていった。しゃくしゃくと咀嚼《そしゃく》すると、甘辛さが広がってゆくが、正直、あまり味はよくわからない。

「うむ、うまい」

「全然おいしそうじゃない。お父上、昨日から変よ」

お咲希が口をとがらせる。

「湯瀬のおじさんと会ってから」

「そうか。すまんな、お咲希」

お咲希が悲しげにいう。

「またそんな寂しそうな顔をする」

「すまん」

佐之助は顔をあげた。千勢とお咲希の二人の案じ顔が目に飛びこんでくる。佐之助は箸を置いた。

「ちょっと出てくる」

千勢が目をみはる。

「今からですか」

「うむ。酒が飲みたくなった」

この長屋には置いていない。

「すぐに戻ってくる」

お咲希がなにかいいかけた。それを千勢が首を横に振って制する。

「すぐに戻ってくる」

佐之助は二人にもう一度いい置いて、土間に降り、雪駄を履いた。障子戸をあけ、後ろ手に閉めた。二人の顔を見たくなかった。悲しそうにしているに決まっている。

ほんの一町半ほど先にある煮売り酒屋に向かった。昼間はたいしたことがなかった風がずいぶんと強くなっている。

その風に逆らうように、佐之助は西へと歩いた。揺れる赤提灯が見えてきた。まるでおいでおいでをしているようだ。喉が酒に飢《かつ》えたのか、きゅんと鳴った。

佐之助は足を速めて近づき、ばたばたと音を立てる暖簾を払った。建て付けの悪い戸を横に引く。

途端に安酒のにおい、煙草の煙、醬油だしの香りがごっちゃになって、鼻先にまとわりついてきた。冷たい風が店内に吹きこみ、佐之助は音をさせて戸を閉めた。

「いらっしゃい」

あるじが威勢のよい声を放つ。あるじの女房の女将《おかみ》も、同じ言葉を元気よくいった。

煙草だけでなく、脂《あぶら》ののった魚を焼いているせいで、店内はひどく煙っている。だが、あたたかかった。小上がりが二つに六畳の座敷と土間、厨房《ちゅうぼう》があるだけの店である。土間に四つの長床几《ながしょうぎ》が置いてあるが、いずれも腰をおろす者はなく、所在なげにみえた。

客は小上がりと六畳間にひと組ずつ、全部で七人である。いずれもこのあたりに住む者で、顔見知りばかりだ。

小上がりの三人は顔を寄せ合うようにしてひそひそと話をしており、座敷の四人は絵図を畳に広げて、なにやら熱く語り合っていた。そのうちの一人がちらりと顔をあげ、佐之助を見た。なにかいいたそうにしたが、他の男に話しかけられてそちらを向いた。

男たちから目をはずした佐之助は雪駄を脱ぎ、もう一つの小上がりにあがりこんだ。

「なんにしますか」

近づいてきた女将が熱っぽい目で見る。

「燗酒をくれ。それと、肴《さかな》を適当に頼む」

「鯖《さば》のいいのが入っていますよ。煮つけでいいですか」

「ああ、うまそうだな」

「あとはあたりめに湯豆腐、漬物くらいでよろしいですか」

「うむ、それでよい」

女将が厨房に去り、注文を通す。あいよ、とあるじが答え、するめをあぶりはじめた。

　お待たせしました、とちろりと猪口《ちょこ》が佐之助の前に置かれる。どうぞ、と最初の一杯目は女将が注いでくれた。

　佐之助は、すまぬ、と受けた。くいっと猪口を傾ける。酒にこくはなく、その割にべたついた甘みがある。次いで苦みがやってくるが、その苦みもすっきりとは切れない。口中でいつまでもわだかまっている。いかにも安酒だが、それが今の気分によく合っている。

　ごくりと喉を動かすと、胃の腑に酒が落ちてゆくのがわかった。腹があたたかくなり、佐之助は少しだけ気分がよくなった。

　立て続けに飲むと、ちろりがあっさりと空になった。おかわりを頼む。すぐに新しいちろりがもたらされたが、鯖の煮つけとあたりめ、漬物、湯豆腐も一緒にやってきた。

　腹は空いていなかったが、佐之助はそれらを箸でつついた。鯖の煮つけは女将のお薦めだけあって、脂がよくのっていた。上質の脂が醤油の旨みとともに口中でふくらみ、場末の煮売り酒屋が供しているとは思えないくらい美味だ。安酒とも意外なほど相性がよい。

長居する気はなかったが、佐之助は、こいつは長っ尻になるかもしれぬな、と思った。

「ねえ、あんた、確か佐之助さんっていったっけな」

いきなり呼ばれて、佐之助は顔を向けた。

座敷の男の一人である。四人の男がこちらを見ていたが、誰が声を発したのか、佐之助にはわかった。

先ほど見つめていた男だ。頭を坊主のように丸め、がっしりとした体格をしている。かなりきこしめしているようで、頭まで真っ赤になっている。

名は清兆《せいちょう》といい、家で按摩屋《あんまや》をひらいていると前にきいたことがあった。町を流して歩くふりの按摩とは異なり、店を構えている按摩は足力《そくりき》といい、足も使ってもみを行うという。ふりより料金はずっと高く、百文は取るらしい。ふりの按摩は、通常は四十八文である。

按摩というと、夜に笛を吹いて町を流している姿が思い浮かぶが、この様子では、昼しか商売をしていないのだろう。歳は四十をいくつかすぎているのではあるまいか。

佐之助は清兆を見つめた。清兆がびくりとする。佐之助を見ていた他の三人も目をそらしたり、顔をうつむけたりした。

「ずいぶんおっかない目をするねえ」

清兆が、噂は本当のことなのかな、とつぶやく。

「なにが本当のことなんだ」

清兆が顔をあげる。

「あんた、耳もいいんだね。当分わしの世話になることはないかな」

佐之助は黙って清兆を見つめ続けた。

「噂にきいたんだけど、この前さ、佐之さんの長屋に、ああ、こう呼んでもいいかい」

「かまわぬ」

清兆がほっとする。

「意外といっちゃあ失礼だけど、砕けたところもあるんだね」

「この前俺の長屋に、なんだ」

「ああ、そうだったね。この前佐之さんの長屋に立派な駕籠がついたってきいたんだけど、本当かい」

「それがどうかしたか」

「いや、そんな突っかかるようないい方は勘弁してほしいな。将軍さまのお使いだったってのは、本当かい」

「本当だったら」

清兆が顔をしかめる。

「そんなお偉い人ならさ、意見をききたいな、と思っただけなんだ」

「意見とは」

「この絵図だよ」

清兆が体をずらして、畳に広げてある絵図を見せた。佐之助は首を伸ばした。それが江戸の絵地図であるのがわかった。

「佐之さん、悪いけど、ちょっとこっちに来てこいつを見てもらえるかい」

佐之助は雪駄を履き、そちらに行った。四人の男が、絵図の前をあけて待っていた。

「失礼する」

佐之助は座りこんだ。行灯《あんどん》がすぐそばに置かれていて、絵地図をやわらかく照らしている。

絵地図の四箇所に店の名らしいものが書きこまれ、その下に黒い点が記されていた。

「これらがなんだかわかるかい」

清兆にきかれて、佐之助は店の名を読んだ。最上《もがみ》屋、大友《おおとも》屋、六角《ろっかく》屋、大内屋とある。

「例の義賊とかいわれている者に、盗みに入られた大店《おおだな》だな」

「その通り」

清兆がにこりとしてうなずく。

「ほら、こうして見ると、最上屋からこの前の大内屋まで、順に西へ動いてきているのがわかるだろう。だから、次はここ音羽町あたりになるんじゃないかって、みんなでいい合っていたんだよ」

なるほどな、と佐之助は思った。こうして絵図にしてみるとずいぶんとわかりやすい。だが、この程度のことは、町方もすでに知っているだろう。なにより、このあたりは富士太郎の縄張だ。のんびりとした風情《ふぜい》ではあるが、なかなか頭の切れる男であるのはまちがいない。

おや、と佐之助は絵図に目を凝らした。店の名を眺めていて、なにか引っかかるものがあった。しばらく凝視を続けた。

ふと、なにがすっきりしなかったのか、わかったような気がした。

「なにか気づいたことがあるのかい」

清兆が目ざとくきく。

「ああ、これらの店はすべて戦国大名の名がついているな」

いいながら、引っかかっているのはこれだけではない、という気が佐之助はした。

「ええっ」

四人がいっせいに絵地図をのぞきこむ。

「ああ、本当だ。本当に軍記物に出てくるようなお大名の名ばかりだ」

「うん。今もお大名として続いているお家もあるぜ」

「これはたまたまなのか」

「まさか、そんなことはあるまいよ」

「ああ、盗人はこういう由緒《ゆいしょ》ある名を持つ商家を狙ってきているに決まってるさ」

「だとしたら、次はどこだ」

四人の男は佐之助のことなど忘れたように、熱心に話をはじめた。

「このあたりに戦国大名の名がついている店があったかな」

「上杉《うえすぎ》屋があるぞ」

一人が胸を張っていった。

「上杉謙信公だ」

「そうか。だったら、次は上杉屋だな」

別の男が目を輝かせる。

「すごいぜ、俺たち、盗人の次の狙いがどこか、わかっちまった」

「いや、界隈《かいわい》にあるのは上杉屋だけじゃないぜ。上杉謙信ていうんなら、武田《たけだ》屋もある」

清兆が冷静に口にした。

「ああ、そうか。いわれてみれば、今川《いまがわ》屋もあるし、石田《いしだ》屋もあるな」

「今川義元に石田三成か」

「黒田《くろだ》屋に細川《ほそかわ》屋もあるぞ」

「それ以外にも、朝倉《あさくら》屋、木曾《きそ》屋、松永《まつなが》屋、筒井《つつい》屋なんてのもあるぞ」

男たちの口から、いくつもの商家の名がぽろぽろと出てきた。

「どうやらちがったようだな」

佐之助は、つまらぬことをいったな、と頭を下げた。気恥ずかしさに、頬がほてる。

「いえ、そんな、謝るようなことじゃあないさ。わしたちは、そのことにも気づかなかったんだから」

清兆が慰める口調でいう。すぐに言葉を続けた。

「こうしてみると、こんな戦国大名のような名を持つ店は、あくどいことをしているところが多いようだな」

「まったくさね」

一人が同意を示す。

「買い占めして、値があがるのを待ってるんじゃないかっていわれてるところばかりだ」

「いま名が出たなかで大店というとどれだ」

佐之助は清兆にたずねた。

「どれも大店だけどね。黒田屋、石田屋、今川屋、武田屋、細川屋、筒井屋がこのあたりじゃ、特に相当のものだね」

六軒も名があがっては、なかなかしぼりこむことはできない。

「今度は、その六軒のうちの一軒が狙われるんですかねえ」

一人が絵図をにらんでいう。別の一人が、にやりと笑った。

「もしかしたら、今夜かもしれねえぜ」

冗談でなくそうかもしれぬ、と佐之助は思った。賊は今宵、いま名が出た大店の一軒に入りこむつもりなのではないか。どうしてか、そんな気がしてならない。

居ても立ってもいられず、佐之助は勘定を支払って、外に出た。風は相変わらず強い。折れた枝が丸まって、路上を転がってゆく。家々がぎしぎしと音を立てている。

提灯を灯して佐之助は、人けの絶えた道をゆっくりと歩きはじめた。盗みに入られた四つの店の名のことで、最後まで頭に引っかかっているのは、いったいなんなのか。

酔いはほとんどない。絵地図を見てからは、一滴も酒は飲んでいない。

四軒の大店がいずれも戦国大名の姓と同じなのは、偶然ではあるまい。なにか見落としていることがあるにちがいない。

とりあえず、さっきの煮売り酒屋から最も近いところにある黒田屋の前に足を運んでみた。ここは油問屋である。間口は、十間は優にある。

いま噂によると、油問屋同士で座のようなものを持ち、料理屋や料亭、天ぷら屋などへの値上げを目論《もくろ》んでいるらしい。むろん、庶民に小売りをする油の行商人に対しても、同じことをするつもりのようだ。その目論見の中心にいるのが、黒田屋らしいのである。

佐之助は店のなかの気配を嗅いだ。いやな気は流れてこない。しっかりと戸締まりはされており、どこにも隙がないように感じられる。賊はどうやら入りこんでいない。付近から黒田屋を見張っているような視線もない。これから入りこまれそうな気配もない。

ここはちがうな。

佐之助は断定し、足早にその場を立ち去った。つまらぬことを考えるのはやめ、長屋へ戻ったほうがよいのではないか。そんな思いが頭をよぎる。千勢とお咲希の心配そうな顔が思いだされる。一刻も早く帰り、無事な姿を見せてやったほうがよい。

佐之助は長屋に足を向けた。歩いているうちに、なぜか直之進の顔が浮かんできた。

仁埜丞に剣を習うあの男が、どうしてうらやましくてならないのか。

唐突に理由がひらめいた。うらやましいのではない。直之進に差をつけられるのがいやで仕方ないのだ。

以前、直之進とは真剣で激しくやり合ったことがある。そのとき佐之助は生涯で初めての負けを味わったが、直之進とほとんど互角で、差はないに等しかった。紙一重の差で敗れたといってよい。

その後、いろいろと経緯《いきさつ》があり、共通の敵を二人で倒すということもあった。最近では、二人で徳川将軍の危機を救ったが、そのときは直之進よりも自分のほうが活躍した。

それなのに、今や直之進に大きく差をつけられようとしている。今の自分は腕をこまねいて座しているも同然だ。

焦りの汗がじっとりとわきあがってきた。

焦っても仕方ない。頭を冷やせ。

佐之助は自らに厳しく命じた。じれてみたところでなんになる。いま直之進のことで思案に暮れても、なにもできない。こういうときは別のことを考えたほうがよい。

なにがよいか。戦国大名の名字が冠せられた店のことを考えることにした。最上屋、大友屋、六角屋、大内屋。佐之助はこの四つの店の名を思い浮かべた。

このなかには『大』という文字を持つ家が二つある。このことに、なにか示唆《しさ》するものが含まれていないのか。

両方とも『おお』ではじまる。『だい』ではない。

もしや、と佐之助は覚った。五十音図か。昔は五音図や五音五位之次第《ごいんごいのしだい》というふうに呼ばれていたらしいが、それではないだろうか。これまで盗みに入られた四軒の大店は、すべて『お』段で名がはじまっている。

賊どもがこんなくだらぬことで狙う店を決めているとは思えないが、仮にもしそうだとしたら、狙う側にもなんらかの理由付けが必要なのかもしれない。町奉行所の者たちがどの程度の知恵を持っているか、試す意味もあるのかもしれなかった。

最後まで心に引っかかっていたのは、これだったのだ。目ははっきりととらえていたのに、頭ではそれがなにかわからなかった。

この近くにある大店のなかで、『お』段ではじまる店があったか。

――細川屋。

細川家は戦国大名として幽斎、忠興父子で有名である。むろん、細川家は今も肥後《ひご》五十四万石の太守《たいしゅ》として続いている。

ほかに『お』段ではじまる店がなかったか、思いだしてみる。

――うむ、ここしかあるまい。

佐之助は心中で深くうなずいた。

店の場所は知っている。このあたりでは屈指の大店といってよく、酒問屋として名は広く知られている。千勢やお咲希のことは頭の隅に寄せ、佐之助はさっそく足を運んだ。

間口は、十五間はある。先ほどの黒田屋同様、細川屋もしっかりと戸締まりはされている。盗人に入りこまれるような隙は、どこにも見当たらない。だが、次に狙われるとしたら、ここしかないのではないか。

細川屋には、なにか悪評があったか。庶民のためにならないことをしただろうか。

酒は買い占めをしたところで、酒質を保つのがむずかしい。なにしろ、すぐさま酢になってしまうのだ。仕入れたら、間を置くことなく売ってしまうのが最善の手立てである。

そういえば、と佐之助は思いだした。この店は裏で金貸しをしているのではなかったか。京の室町《むろまち》に幕府があった昔は、金貸しといえば酒蔵というくらい盛んだったらしいが、目の前の店が金貸しを営んでいるのは、その名残といえるのだろうか。おそらく高利で貸し出し、借りた者を苦しめているのではないか。少なくとも、そういう風評は立っているにちがいない。

佐之助は提灯を吹き消し、なかの様子をうかがった。いやな気配は感じられない。

ここもちがうようだな。今夜ではないということか。

佐之助は立ち去ろうとした。それでも、気づいたことを富士太郎に教えてやれば、きっと喜ぶだろう。直之進のために獄門にしたくてたまらなかった倉田佐之助の報せといえども、いま府内を騒がせている盗人を捕らえる端緒《たんしょ》となれば、うれしくないはずがない。

それとも、富士太郎のことだ、すでに次に狙われるのが細川屋であることを見抜いているだろうか。

だが、この付近に町奉行所の者が張っている気配はまったくなかった。あらためて、そういう気配がないか、佐之助は探ってみた。

むっ。ぎくりとして足をとめた。いま背中を冷ややかなものがよぎったが、なんなのか。

佐之助は振り返り、闇の底に沈んでいる風情の細川屋を見つめた。背筋を寒くさせる風のようなものは、まちがいなく細川屋から発せられていた。

佐之助は腰の脇差に手を置いた。今まさに賊が蔵を破ろうとしているのではないか。そうとしか思えない。

自身番に知らせたほうがよいか。いや、その時間はない。もう仕事を終え、賊どもは外に出てくるのではないか。

どこから出てくるのか。

裏手だ。

直感にしたがって佐之助は細川屋の裏にまわり、近くの路地に身をひそめた。

一陣の風が路地を吹き抜け、木々を震わせてゆく。それにおびえたらしい犬の遠吠えが夜空に吸いこまれた直後、細川屋の木塀を乗り越えて、いくつもの影が姿をあらわした。

いずれも忍びのような格好をしており、深くほっかむりもしているが、一人だけ侍なのか、刀を差している者がいた。

佐之助は瞠目《どうもく》した。その男がすごい遣い手に見えたからだ。あまり見つめすぎないように注意する。視線を覚られかねない。

賊どもは全部で五人。一人が千両箱を肩に担いでいた。その男は力士のように筋骨が盛りあがっている。

刀を差している男が、四人の男にうなずきかけるや、だっと走りだした。

あれが頭か。さもありなんと佐之助は思った。あれだけの腕を持っているのなら、一癖も二癖もある賊どもといっても、御《ぎょ》すのはたやすいことだろう。誰も逆らうことなど、できやしない。

佐之助は迷わなかった。得物は脇差だけだが、捕らえる気でいる。

ここでおめおめと逃してなるものか。

佐之助はそっと路地を抜け出た。二十間ほどの距離を置いてついてゆく。

やつらは西へ向かっている。どこへ行こうというのか。

賊どもは頭を先頭に走っている。不意に路地を右手に折れた。向かいはじめたのは鬼子母神《きしもじん》の方角である。

佐之助は、路地へはいきなり入らなかった。尾行を気づかれており、待ち伏せされていないとも限らないからである。

塀を盾に路地をのぞきこむと、覆いかぶさるような木々の下、賊どもが縦一列に走っていくのが見えた。距離は先ほどと変わらない。

うしろの二人ほどしか背中は見えていないが、走る速さも変わっていない。さほど急ぐことなく、ひたひたという足音をかすかに響かせて駆けてゆく。

家を一軒はさんだ向こう側の通りで、火の用心の声がしている。拍子木が打たれ、それが闇の壁に小さな割れ目を入れる。

佐之助は路地に身を入れるや、走りはじめた。こちらもわずかな足音しか立てていない。

五間ばかり走ったとき、路地に入る前と、やつらの足音がわずかにちがうような気がしてきた。今は、四人分しか足音がしていないのではないか。

明らかに一人減っている。その一人はどこに行ったのか。

頭上だ、と覚った瞬間、影が飛鳥のように迫ってきた。佐之助は脇差を抜いた。刀が上段から振られており、それはなんとか弾いた。火花が散り、鉄の焦げたにおいが鼻をつく。

襲いかかってきたのが、頭であるのはわかっている。尾行はとうに気づかれており、この路地に自分は誘われたのだ。

頭に向き直ろうとして佐之助は目を疑った。そこにいるはずの男の姿がない。見えているのは闇だけだ。その戸惑いが構えをわずかに遅らせた。下から振りあげられてきた斬撃がほとんど目に入らなかった。

佐之助は刀だけが自分をめがけてくるのを、視野の端でちらりと見た。到底間に合わぬと感じつつ、脇差を右手一本で振った。

直後、右胸に痛みを感じた。それが一気に右肩のほうに広がってゆく。

――やられた。

佐之助は、血しぶきが激しく散るのを闇のなかにはっきりと見た。体がかしいでゆく。あっという間に地面が迫ってきた。

体が横になったのがわかった。脇差は握っている。だが、持ちあげる力がもはやない。傷口からどんどんと血が流れてゆくのがわかる。それと一緒に力も抜けていってしまっている。着物が胸のあたりだけひどく重く、息がしにくくなっていた。

やつはどこにいるのか。刀を手にしているのはまちがいない。だが、さっきは姿が見えなかった。あれは見まちがいではあるまい。

足音が近づいてきた。やつがとどめを刺しに来たのだ。

佐之助は覚悟を決めた。こうなっては、もはやなにもできない。ここ最近、ろくに稽古をしていなかった。その付けがまわってきた。腕が落ちていたのだ。こんなざまで、直之進のことをうらやましがるなど、身の程知らずもいいところだ。

足音がとまった。刀が見えた。だが、刀を握っているはずの影はどこにもない。

「うぬ、何者だ」

しわがれた声が佐之助にかかる。

馬鹿なやつだと佐之助は思った。こういうときはなにもきかず、さっさと殺してしまったほうがいいのだ。

「ふっ、もう答えられんか。別に何者でもかまわん。なまじ腕が立つだけに、お節介を焼きたくなったか。この前のやつと同じだな。よし、楽にしてやる」

刀が振りあげられた。

佐之助は目を閉じた。脳裏に千勢とお咲希の顔が映りこむ。二人とも、心配そうな顔をしていた。

すまぬ。

「うわあっ」

そんな悲鳴のような声がきこえた。

それを最後に佐之助の意識は暗黒の坂を一気に転がり落ちていった。

三

あわただしい足音がした。

誰かが長屋の路地を駆けこんできたのだ。足音にはただならぬ気配が感じられた。

直之進は目をあけた。うちではないか、という気がし、すぐさま跳ね起きた。

案の定、障子戸が激しく叩かれた。

「湯瀬さま、いらっしゃいますか」

女の声である。だが、きいたことのないような声に思えた。

直之進は土間におり、心張棒《しんばりぼう》をはずした。障子戸を横に引く。目の前にいるのは、やはり見覚えのない女だ。じき夜明けという頃だろうか、東の空はまだ白んでいないものの、わずかに暗色を薄くしている。

「湯瀬さまですか」

女は血相を変えている。目がわずかにつりあがり、髪の毛が乱れて、どこか鬼女を思わせるものがある。

「うむ、そうだが」

女は、甚右衛門店《じんえもんだな》からやってきたといった。

「甚右衛門店というと、千勢どのが住まっている長屋だな」

「はい、私は千勢さんの隣の者なんですが、実は——」

話をきいて直之進は顔色を変えた。いったん部屋にあがり、腰に両刀を差すや、女をその場に置き去りにして駆けだした。

音羽町四丁目まで一気に駆けた。甚右衛門店がある四丁目内の医者のもとに、佐之助は運ばれたらしいのだ。

貫良《かんりょう》という医者の名は、直之進も知っている。腕のよさで、その名は界隈で鳴り響いている。

直之進は、煌々《こうこう》と提灯がともされている門を入った。戸口は閉まっており、ごめん、といって静かに戸をあけた。

広い土間に、いくつかの履物が置いてある。右端の女物の草履《ぞうり》が目に飛びこんできた。子供の草履が寄り添うように並んでいる。

上がり框《かまち》のすぐ奥は、板戸で仕切られている。床板の上に足を載せた直之進は、失礼する、と板戸を横に滑らせた。

そこは患者の待合部屋のようだ。

二人の女が背中を向けて座っていた。千勢とお咲希である。お咲希はうつむき、声もなく泣いている。

直之進は二人の前にまわりこんだ。千勢がはっとし、悲しみに暮れた瞳を向けてきた。すがるような色はないが、どこかしおれた花のような弱さを感じさせるものがあった。

気丈《きじよう》なこの女がこのような目をするとは。直之進は胸に痛みを覚えた。倉田佐之助という男は、千勢に潤いやみずみずしさを与える水のような存在になっているのだ。

直之進は千勢にうなずきかけてから、二人の正面に座った。

左側にきっちりと閉められた襖があり、その向こうが診療部屋になっているのだろう。襖を通じて、貫良らしい威厳を感じさせる声とそれよりもやや高い男の声が漏れてくる。助手だろうか。

うめき声はきこえない。佐之助らしく、声をださないように歯を食いしばっているのか。それとも、ただ昏睡しているせいなのか。

「容体は」

直之進は膝を進め、小声で千勢にたずねた。千勢が唇を嚙み締め、小さく首を振る。そっとかたわらのお咲希を見やった。

「よいとはいえません」

千勢が涙をこらえるように目を閉じた。しばらくそうしていたが、やがて意を決したのか、目をあけた。まっすぐ直之進を見る。

「傷は右の胸から右の肩にかけて、およそ七寸の長さです。深さもかなりのもののようです。それでも、急所はぎりぎりではずれているとのことです」

「命に別状はないのか」

「いえ、出血がとにかくひどいのです。今はなんとか命を長らえているようですが」

予断を許さない状況なのだ。刀傷は特に血の出がすごい。少し指先を切っただけで、血だまりになりそうなくらいの血が流れることすらある。

「誰にやられた」

「詳しいことは、まだよくわかりません。ただ、近所の細川屋さんが盗人に入られたようなのですが、それと関係があるのかもしれません。佐之助さんは賊とかち合ったか、あとを追いかけていって気づかれたということではないでしょうか」

それをきいて、直之進の腰が浮いた。強い後悔が心をよぎってゆく。

「なにかご存じなのですか」

「この前会ったとき、倉田にしっかりと話しておけばよかった」

直之進も、盗人どもに出合って追いかけ、待ち伏せされたことを千勢に告げた。盗人のなかにとんでもない遣い手の頭とおぼしき者がいることも合わせて語った。

「とんでもない遣い手ですか」

千勢が息をのむ。

「では、その頭と思える者に、あの人はやられたのですね」

「うむ、それしか考えられぬ。倉田佐之助にそれだけの傷を与えられる者は、この広い江戸でもそうはおらぬ。しかも、傷の具合からして、刀は下から振りあげられている。俺も、賊の頭に同じ斬撃を見舞われた」

だが、そのときはなんとか運よく避けることができた。

「倉田は大丈夫だ」

直之進は確信を持っていった。その言葉に、驚いたようにお咲希が顔をあげる。真っ赤に腫《は》れた目で直之進を見つめた。

「ほんとう」

「ああ、本当だ」

直之進は深くうなずいた。

「倉田佐之助という男は、このくらいでくたばりはせぬ。お咲希ちゃんとおっかさんを残し、死ぬような真似は決してせぬ」

それをきいて、お咲希が顔をくしゃくしゃにする。千勢が小さな背中を抱いてやると、涙を流しながら、顔を千勢の胸にうずめた。しゃくりあげている。千勢がやさしく背中をさする。その姿は、血のつながっている親子以上の情愛を感じさせた。

お咲希は、できるだけ声をださないようにつとめていた。ここが診療所であることに加え、重い傷と必死に戦っている佐之助に、悲しんでいることを伝えたくないという思いが働いているのではあるまいか。

こんなに幼いのに、なんとけなげなのだろう。直之進は襖をにらみつけた。

倉田、お咲希ちゃんのこの姿を見ろ。

直之進は目を閉じた。あの遣い手が佐之助の急所をはずしたのは、隻眼ということで、やはり目測を見誤ったのか。それとも、佐之助がよけてみせたのか。あるいは、その二つが合わさったのかもしれない。

直之進はふと気づいたことがあった。どうしてあの遣い手は佐之助にとどめを刺さなかったのかということである。邪魔が入ったか、やつにその気がなかったか。

あの遣い手の酷薄さからして、後者は考えにくい。

「誰がここまで倉田を運んできた」

直之進は千勢に問うた。

「夜回りの番太さんです」

「その番太が倉田を見つけたのか」

「さようです。傷ついて血を流している佐之助さんを見つけて、ここまで運んできてくれたのです」

「その番太は無事なのだな」

「はい、傷一つ負っていません。夜回りの最中、道に倒れている佐之助さんを見て、近所中に響くものすごい声をあげてしまったそうです。実際、近所の者が起きだしてきたそうです」

それで、あの遣い手はとどめを刺すことなく、その場を去ったのだろうか。

「その番太は、倉田に傷を負わせた者を見ておらぬのか」

「はい。路上の佐之助さんしか目に入らなかったようです」

とにかく、大声をあげたことで、その番太は佐之助を救ってくれたことになるのだろう。自分自身を助けたことにも、なるのかもしれない。

「千勢どの」

直之進は静かに呼びかけた。千勢が目をあげる。お咲希も直之進を見た。

「俺は倉田の仇を討つ」

「まことでございますか」

お咲希の目が大きくひらかれる。

「うむ。そなたらも仇を討ちたくてならぬだろうが、ここは俺にまかせてくれ。そなたらは倉田のそばにいてやってくれ」

「承知いたしました」

千勢が深々と頭を下げる。

「よろしくお願いいたします」

お咲希も直之進に向かって、同じ言葉を口にした。

その二人の様子を見て、直之進は心を打たれた。なんという気丈さだろう。直之進は心中で佐之助に語りかけた。

倉田、きさまにはこれほどまでに心配してくれる者がいるのだ。よいか、死ぬことは決して許さぬ。


戸口の前に立ち、直之進は訪いを入れた。

「はーい」

明るい声が響き、戸があいた。若い娘が顔をのぞかせる。つり気味の目がいかにも勝ち気そうだが、気のよさというのか、人のよさが頬にあらわれている。顎がきゅっと締まり、きれいな顔立ちをしている。

娘が直之進をじっと見る。

「どなた」

直之進は名乗った。この娘は、房興たちが雇い入れた下女なのだろうか。物腰が武家らしいところから、下女というより女中といったほうがいい感じである。ただ、格好がどちらかというと、浪人者を思わせるところがある。実際、刀の腕は相当のものではないか。

いったい何者だろう、と思いつつ直之進は用件を告げた。

「湯瀬さんね。房興さんと仁埜丞さんに用事があるのね。ちょっと、そこで待っててね。勝手に動いちゃ駄目よ」

直之進は面食らった。仁埜丞はともかく、房興までさんづけにするとは、この娘はいったい何者だろう。歳は、まだ二十歳に達しているかどうかではないか。房興の縁者だろうか。そうかもしれない。一族の者に、あのくらいの歳の娘はいくらでもいるだろう。

仁埜丞が廊下を滑るようにやってきた。うしろに娘がついている。

「ああ、これは湯瀬どの、失礼した」

ちらりと娘に目をやり、すぐに直之進に戻した。

「粗相《そそう》はなかったかな」

「ないわよね、別に」

「ええ、ありませぬ」

「ほら、仁埜丞さん、心配しすぎなのよ」

娘が仁埜丞の肩を気安く叩く。直之進は瞠目せざるを得なかった。

「あの、そちらの娘御は」

仁埜丞が渋い顔をする。

「ちょっとわけありでしてな。ま、お上がりくだされ」

直之進はその言葉にしたがった。座敷に通される。

「仁埜丞さん、お茶をいれてこようか」

仁埜丞が娘を見やる。

「いれられるのか」

「あら、失礼なことというわね。当たり前じゃない。これでも、賭場ではみんなにいれてあげたこともあったんだから」

賭場、と直之進は思った。今のは聞きちがいではあるまい。わけありというのは、そういうことなのか。だが、賭場とこの娘はどういう関わりがあるのか。

娘がさっと消え、入れ替わるように房興がやってきた。ていねいに直之進に挨拶する。

「稽古には早すぎる刻限だが、湯瀬、なにかあったのか」

直之進は身を乗りだして、語りだした。

話をきき終えた房興と仁埜丞は、驚きを隠せない。

「倉田どのが賊にやられもうしたか……」

仁埜丞がそれきり絶句する。

「倉田は大丈夫なのか」

房興が目に強い光をたたえて問う。

「医者が必死の手当をしておりますが、予断を許さぬようでございます。ただ、それがしは倉田がこの程度のことでくたばるようなことはないものと、信じております。必ず快復《かいふく》いたしましょう」

「わしも信じよう。倉田の快復まで、ひたすら祈ることにしよう」

「ありがたきお言葉。倉田がこの場にいれば、きっと喜びましょう」

直之進は房興から仁埜丞に視線を移した。

「それがし、倉田の仇を討つつもりにございます。それゆえ、しばらく探索に精を出す所存でおります。こちらから川藤どのに申し入れておきながら、まことに勝手を申しますが、しばらく稽古を休ませてください」

「さようか」

仁埜丞がむずかしい顔をする。

「いけませぬか」

仁埜丞が目をあげ、直之進を見やる。

「いや、稽古の件はよいのだ。むしろそれがしも手を貸すつもりでいる。……うむ、これはよい機会だろう」

房興が仁埜丞の顔をのぞきこむ。

「員弁兜太のことを話してくれるのだな」

「きいていただけますか」

「むろんよ。早くききたくてうずうずしていた」

仁埜丞が直之進に向き直った。

「員弁兜太という男のことは、湯瀬どのは知らぬだろう。それがしもまだ殿にすら詳しくはお話ししておらぬ」

少し間を置いた。

「確かめたわけではないのだが、湯瀬どのと戦い、倉田どのを傷つけたのは、おそらく員弁兜太ではないだろうか」

「その者は何者でございますか」

「それがしの左手を使えなくした男だ」

「ええっ」

「なんと」

　そこに娘があらわれた。三つの湯飲みを直之進たちの前に手際《てぎわ》よく置いてゆく。それを手にし、仁埜丞が茶を喫した。

「どう、おいしい」

　娘が不安げに仁埜丞にきく。

「うむ、うまい。芳絵どの、済まぬが、席をはずしてくれぬか」

　仁埜丞が穏やかに頼む。

「ええ、もちろんいいわよ。なにかむずかしそうな話のようね。私も混ぜてもらいたいけど、新参者では仕方ないわね」

　少し残念そうに芳絵と呼ばれた娘が出ていった。静寂が座敷の支配者に代わった。

「員弁兜太という男は名古屋で一番の遣い手でござる。下からの振りあげが得意技にござった」

静寂を破って仁埜丞がいった。

「では、員弁兜太は尾張徳川家の国元の者でございますか」

「そういうことにござる。それがし、先代の殿のご要望で、一度対戦したことがござる」

仁埜丞が目を閉じる。直之進はその先を早くききたかったが、じっと黙っていた。房興は仁埜丞に目を据え、口を引き結んでいる。

「腕は全くの互角にござった。それがしは左腕の肘を砕かれもうした」

「員弁兜太も、無傷では済まなかったのであろう」

「さようにございます。員弁兜太は左目を失いもうした」

沈黙の幕が降りてきた。どれだけすさまじい試合だったのだろう、と直之進は思った。

そのときの二人の得物は袋竹刀だったのだろうが、一方は肘を砕かれ、もう一方は面を突き破られて左目を失明した。両者の袋竹刀は、いったいどれだけの威力を秘めていたのか。その場にいた者はすべて、凍りついたのではあるまいか。試合をするように命じた殿さまは、後悔したのではないだろうか。

「それが七年前のことにござる」

仁埜丞が最後にぽつりといった。直之進はごくりと息をのんだ。

「員弁兜太がいま盗賊の頭だとして、どうしてそういう仕儀《しぎ》に至ったのでございますか」

仁埜丞がかぶりを振る。

「それは、それがしにもわからぬ。試合ののちしばらくのあいだは、それがしも員弁の消息は気にしていたが、そのうちなにもきこえなくなり、員弁のことは忘れてしもうた。わしは一年ばかり前にわけあって尾張家を致仕《ちし》したが、その頃には員弁が致仕したという話はきいておらなんだ」

仁埜丞が言葉を切った。

「だが、あるいはとうに主家を退散していたと考えたほうが辻褄《つじつま》は合う。わしとの試合ののち、やつは主家を離れ、身を持ち崩した。そして、すさまじいまでの剣の腕をもって、賊の頭に成り上がったのだろう」

四

話をききたかったが、医者は会わせてくれなかった。

会えたところで、昏睡しているとのことだから、話などきけるはずもない。

貫良の診療所の門を出て、富士太郎は立ちどまり、腕を組んだ。

「でも信じられないね」

ぽつりといった。珠吉がうなずく。

「ええ、不死身としか思えない倉田さまがやられてしまうなんて、賊の頭はどれだけ強いのか……」

「直之進さんはよく無事だったね」

「ええ、湯瀬さまもそのことはお考えになったのではありませんか」

「そうだろうね」

富士太郎は腕組みを解いた。

「旦那、これからどうしますかい」

そうさね、と富士太郎はいった。

「倉田どのの仇を討たなきゃならないね。まさかおいらがこんな心持ちになる日がくるなんて、珠吉も意外だろうね」

「いいえ、そんなことはありゃしませんよ。旦那はさっぱりとした性格ですから」

「こいつは必ずやり遂げなきゃね。倉田どのはおそらく、賊を追いかけてやられてしまったんだよ。居どころを知らせ、おいらに手柄を立てさせる気だったのかもしれない。倉田どのとは昔いろいろあったといっても、珠吉、仇を討とうって気になるじゃないか」

「はい、あっしも同感です」

珠吉がすぐに問いを発する。

「ところで倉田さまは、たまたま賊に出合ってしまったんですかね」

「直之進さんはそうだったけど、二度も同じことがあるかなあ」

「もし偶然じゃないとしたら、倉田さまはなにかをつかんで、細川屋に行ったということになりますよ」

「うん、そういうことになるね」

富士太郎は懐から一枚の紙を取りだした。それには、これまでに盗みに入られた最上屋、大友屋、六角屋、大内屋の四つの名が記されている。

「倉田どのが偶然出合ったのでないとしたら、あらかじめ昨晩細川屋がやられることを知っていたことになるね。つまり、この四つの店からなにか示唆を受けたということかね」

「盗みの場が徐々に西へ向かっているってことと、商家の名が戦国の頃のお大名と同じってところまではわかったんですけど、それ以上のことがあるんですかね」

富士太郎はじっと紙を見た。この四つの商家に細川屋を加えてみると、どうなるか。

「ああっ」

珠吉が耳を押さえる。

「どうしました、旦那。急に大声をだして。わかったんですかい」

「どうかしてたよ」

富士太郎は頭を抱えた。

「こんな簡単なことに気づかないだなんて」

「なんですかい」

富士太郎は伝えた。

「ああ、五十音。なるほど、昨夜やられた細川屋も合わせて、すべて『お』の段ですね。倉田さまは、このことにお気づきになったのか」

「どうして思いつかなかったのかなあ。何度も何度もこの紙は見たのに。珠吉、おいらは悔しいよ。気づいていれば、むざむざ倉田どのを細川屋になんか行かせなかったのに」

「そうですね。でも、旦那が気づかなかったのも仕方ないですよ。これはちと単純すぎますから。こんな形で次の標的を定めていたなんて、ふつうは思いもしません」

「それでも、気づかなきゃいけなかったんだよ。くそう」

「賊どもは、次も同じやり方で狙ってくるんですかね」

「いや、それはないね。倉田どのに待ち伏せされたことで、もう使えないと踏んだはずだよ。それに、どのみち五軒くらいが限度と、はなから考えていたんじゃないかね」

富士太郎は前を向いた。

「よし、珠吉、行くよ」

「どこへですかい」

「房興さまのところだよ」

「ああ、川藤さまにお話をきくんですね」

「そうさ。このあいだ、隻眼ときいて目を光らせたときに、ちゃんと話をきいておくべきだったよ。遠慮したのが馬鹿だったね。おいららしくもない」

驚いたことに、房興の家には直之進がいて、竹刀を握っていた。仁埜丞と対峙している。

富士太郎が来たことに気づいて、仁埜丞が竹刀をおろす。それが袋竹刀と呼ばれるものであることは、富士太郎も知っている。柳生新陰流は天下流なのだ。

房興と並んで、縁側にちょこんと腰かけている娘が目に入った。だが、富士太郎に気づくと、あわてて顔を隠すようにしてなかに姿を消した。

なんだい、あの娘。後ろ暗いところでもあるのかな。何者かね。房興さまの知り合いってところかね。いや、まさか。今の娘、人相書に似ていなかったかい。

富士太郎は母屋にあがりたくなった。そのとき、直之進が汗をふきつつ近づいてきた。

「倉田のことはきいたか」

「ええ、貫良さんの診療所に行ってきました。まだ昏睡していて、話はきけませんでした」

「そうか」

直之進が小さくうなずいた。

「こんなときに剣の稽古をしているのかといわれそうだが……」

仁埜丞も近づいてきた。

「それがしが、そうするようにいったのだ。ほんの少しだけでも稽古はしたほうがよいとな。毎日の継続が最も大事なことゆえ。三日かかって伸びた分が、たった一日休むことで、もとに戻ってしまう」

そういうものなのか、と富士太郎は思った。探索も同じかもしれない。一日も休まずに前に進むことが、なにより大切なことのような気がする。

「川藤どの、お話があるのですが」

富士太郎は申し出た。

「隻眼の頭についてですな」

「あっ、はい、さようです」

「仁埜丞、こちらに腰かけてもらいなさい」

房興が自分の座る縁側を示す。

「どうぞ、こちらに」

仁埜丞にいざなわれて、富士太郎は縁側に腰をおろした。珠吉は立ったままだ。

「珠吉どのもどうぞ」

房興が笑みをたたえていう。

「いえ、あっしはここでけっこうです」

「頑固者ですみません」

「いや、かまわぬ。江戸の男を見ているようで、気持ちがよい」

富士太郎は頭を下げ、それから横に座る仁埜丞に目を移した。

「それがし、どうしてこの前、隻眼の男についてお話ししなかったのか後悔しております」

実際、仁埜丞は無念そうな顔をしている。

「それがしが話していれば、あるいは倉田どのはやられずに済んだかもしれぬ」

仁埜丞が隻眼の男について話す。まず名が員弁兜太ということが知れた。次いで、名古屋城下で一番の遣い手であり、左目を失った経緯も富士太郎は知った。

「よくお話しくださいました」

富士太郎は仁埜丞に礼をいった。

「大きな手がかりです。出自がわかると、一気に探索が進むことがあります。今回もきっとそうなりましょう」

「富士太郎さん」

直之進が正面に立った。

「員弁の隠れ家がわかったとき、それがしを呼んでもらえぬだろうか」

「倉田どのの仇討ですか」

「そうだ」

「わかりました。お呼びします」

富士太郎はあっさりとうなずいた。これまで直之進にはさんざん世話になっている。捕物の際も、何度か手伝ってもらった。今回、同じことを依頼できない理由はない。

「それがしも、できるだけの力をお貸しいたそう。なかなか殿のおそばを離れるわけにはいかんが」

「ありがとうございます」

富士太郎は仁埜丞に心から礼を告げた。直之進と仁埜丞の二人がそろえば、いくら員弁兜太が強いといっても相手にならないだろう。富士太郎は百万の味方を得た気分だった。

「ところで」

富士太郎は房興に顔を向けた。

「先ほどこちらに腰かけていたおなごですが、あの娘は房興さまのご縁者ですか」

「いや、縁者ではない。ちとわけありだ」

「どんなわけでございますか。それがしが頼まれて捜している娘に、よく似ているように思いました」

富士太郎は芳絵の人相書を取りだした。

「この娘です」

房興と仁埜丞がのぞきこむ。

「なんと」

房興が驚きの声を漏らす。

「そっくりではないか」

「名は」

房興が問う。富士太郎は伝えた。

「うむ、あの娘も芳絵という」

「まちがいありませんね。芳絵どのは二月《ふたつき》前に旗本三千石のお屋敷から失踪しました。それがしは踏ん縛ってでも連れ戻さなければなりませぬが、よろしいでしようか」

「芳絵どのは旗本三千石の姫君だったか。それはちと考えなんだ」

房興が何度も首を振る。

「もちろんそういう事情なら、芳絵どのをここにとどめておく理由はない」

房興が仁埜丞に連れてくるようにいった。仁埜丞が立ちあがり、姿を消した。

「なにするのよ」

家のなかから女の叫び声がきこえた。

「芳絵どの、とにかくこちらにおいでくだされ」

仁埜丞がやさしくいっている。やがて、二人がやってきた。仁埜丞は芳絵の腕を軽く押さえているだけだが、芳絵は身動きが自由にならないようだ。

「こちらの樺山どのが、おまえさんをお迎えに来た。おとなしく帰りなさい」

仁埜丞が腕を押さえたまま諭《さと》す。芳絵が体をよじるが、仁埜丞は涼しい顔だ。

「冗談じゃないよ。どうして帰らなきゃいけないんだよ。あたしはここにいるのよ。ずっと置いてよ。置いておく気がないんだったら、どうして助けたんだよ」

「申しわけないことをした」

房興が謝る。

「本当に帰すつもりなの、房興さん」

房興が目をあげた。

「帰るべきところがあれば、芳絵どの、帰るべきだ。家人も心配しておられよう」

「屋敷の者は心配なんかしてないさ。あたしがいなくなって、せいせいしているわよ」

「それがそうでもないんだよ」

富士太郎は、芳絵の父親が憔悴しきっていることを伝えた。

「嘘よ。あんた、あの親父にだまされているんだ」

「おいらがそのことをきかされたのは、用人の松田どのだよ」

「ああ、潮爺《ちょうじい》かい」

松田は潮左衛門という。芳絵は幼い頃から、こういうふうに呼んでいるのだろう。

「さあ、芳絵どの、一緒に行くよ」

富士太郎は、おいでというように手を振った。芳絵が大きく首を振る。うしろで一つにまとめた髪がふわりと揺れた。

「いやだっていってるでしょ。あんな堅苦しいところ、大嫌い。それに誰だかわからない人のところに嫁《とつ》ぐのもいや。あたしは剣をずっとやっていたいの」

「剣は松田どのに習っていたんだろう」

「もうとっくに越えてしまったわよ。潮爺では物足りないの。あたしは、ここで仁埜丞さんの教えを受けたいのよ」

「ならば、通えばよい」

これは房興がいった。

「通えるかもしれないけど、嫁がされるかもしれないんだよ」

房興が考えこむ。何事かのみこんだような声音でいう。

「ふむ、意に沿わぬ婚姻か」

房興の心には、わだかまっていることがあるのかもしれない。

「とにかく一度帰りなさい。お父上に心の丈《たけ》をぶつければ、わかっていただけるかもしれぬ。そなたがいなくなって、憔悴しきってしまわれるようなお父上だ」

芳絵はそれでもなにかいいかけたが、あきらめたように口を閉じた。

屋敷に連れてゆくよりも、松田潮左衛門に引き取りに来てもらったほうがよいね、と富士太郎は判断した。縄をかけるわけにはいかないので、途中、逃げだされる恐れがあった。ここなら、仁埜丞の目が光っている。直之進もいる。逃げるのはまず無理だ。

富士太郎は珠吉に旗本三千石の清本家に走ってもらった。

半刻後、珠吉とともに潮左衛門がやってきた。数人の家士を引き連れている。

富士太郎は潮左衛門に芳絵であることを確かめてもらってから、引き渡した。

「かたじけない」

あまりの喜びに、潮左衛門は涙ぐんでいる。

「こんなに早く見つけてくださるとは、感謝の言葉も見つからぬ」

富士太郎は微笑した。

「いえ、それがしはなにもしておりませぬ。芳絵どのを見つけることができたのは、こちらのお二人のおかげですよ」

潮左衛門が、房興と仁埜丞にも礼をいう。二人に不思議そうにきいてきた。

「ところで、姫をどちらで見つけられたのでござろうか」

「それは、ご本人にきかれるのがよろしかろう」

房興がやんわりといった。

「さようか。ではそうすることにいたそう」

芳絵は刑場に引かれる罪人のように、おとなしく連れていかれた。

五

直之進は芳絵を見送った。

富士太郎と珠吉が探索に戻るという。

「俺も連れていってくれぬか」

直之進は申し出た。

「員弁の隠れ家がわかったときに呼んでくれといったが、一緒にいれば、その手間は省ける。富士太郎さん、どうだろうか」

「願ってもないことですよ、直之進さん」

「では、かまわぬか」

「もちろんです」

直之進は房興と仁埜丞に向き直った。

「では、それがしはこれにて失礼いたします。稽古をつけてくださり、まことにありがとうございます」

「湯瀬どの、明日も来なされ」

「はい、必ず」

「員弁が相手となれば、それがしも一緒に行きたいところだが、殿のおそばを離れるわけにはいかぬ。湯瀬どの、今日のところはそれがしの分までよろしく頼む」

「承知いたしました」

直之進は深く頭を下げた。


富士太郎と珠吉は鬼子母神近くで聞き込みを行った。会う者は一人も逃がさないという徹底ぶりだった。

富士太郎と珠吉は粘り強く、疲れをまったく見せない。一人一人から、着実に話をきいている。必要な話とそうでない話をしっかりと聞き分けている。そのあたりの勘もすごい。すばらしい働きぶりとしかいいようがなく、直之進は心の底から感心した。

そのことをいうと、富士太郎はにこにこと笑った。

「それがしどもは、これが仕事ですからね。これでおまんまを食べているのです。ですから、決しておろそかにするわけにはいかぬのですよ。もしいい加減に済ませたりしたら、それがしには生きている価値がないとまで思っています」

「それはよい覚悟だ」

見習わなければならぬ、と直之進は思った。


やがて、富士太郎と珠吉の地道な仕事が結実するときがやってきた。

一人の若い小間物の行商人だった。なかなか端整な顔つきをしており、これなら女房や娘たちに受けがよいのではないだろうか。きっと売上も悪くないにちがいない。

「隻眼の男の人ですか」

行商人が考えこんだのは、ほんの数瞬にすぎなかった。

「ああ、あの家がそうじゃないかな」

「どこの家だい」

さすがに富士太郎が勢いこむ。

「あれは、雑司ヶ谷のだいぶ先ですよ。昨日、久しぶりにちょっと足を延ばしてみたんです。そのときに見たんですよね。窓から顔をだした人がいたんですが、あの人は確か、隻眼でしたねえ。えーと、あれは、中丸村に入っているんじゃないんですかね。いや、池袋村かもしれないですね。とにかく、二つの村の境目になるあたりですよ」

　中丸村と池袋村は確かに境を接している。

「どんな家に住んでいるんだい」

「大きめな一軒家ですよ。ただ、林のなかに隠れていますから、ちょっと見ただけでは、わからないかもしれませんね」

「案内できるかい」

　少し迷惑そうな顔をしたが、いいですよ、と行商人は明るく答えた。実際、冬の短い日はもう暮れかけている。

「すまないね、無理をいって」

「いえ、いいんですよ。お役人に合力《ごうりき》するのは、あっしたちの役目ですから」

　行商人が元気よく先導をはじめる。直之進たちはそのあとからついていった。

　やがてあたりが田畑になった。百姓家がちらほらと散見される。だいぶ暗くなり、田畑から百姓衆は姿を消している。

　むっ。一番うしろにいる直之進は背後に妙な気配を感じた。つけられているのではないか。さりげなく振り向いてみた。だが、誰もいない。人けがなく、どこかうつろな道が、薄闇のなかにずっと続いているだけだ。

ただし、道沿いには地蔵堂や小さな稲荷社、百姓衆が農具を置いている小屋など、身を隠そうと思えば隠せるところはいくらでもある。

だが、誰がつけてくるというのか。直之進に心当たりはない。背後に相当の注意を払いつつ、前を向いて歩いていった。

やがてすっかり日が暮れ、暗さがずしりと覆いかぶさってきたとき、行商人が足をとめた。手をあげ、指をさす。

「あそこですよ」

木々で傘をつくったような、こんもりと丸みを帯びた林である。距離は一町もない。

「あの林のなかに家が建っているのかい」

「ええ、さようです。昼間でもあまりよくわからないですから、この暗さではなおさら見えませんよ」

「ありがとう、ここまででいいよ」

「さようですか。では、手前はこれで」

小間物売りが体をひるがえし、提灯をつけようとする。

「ああ、ちょっと待っとくれ。提灯は少し離れたところでつけてくれるかい」

「ああ、はい、承知しました」

「ところで、おまえさん、名はなんていうんだい」

「遠之助《とおのすけ》といいます」

富士太郎が住まいもきく。遠之助が素直に答える。

「ありがとね。きっと今日のご褒美《ほうび》が届くと思うよ。待っててておくれよ」

遠之助が頬をゆるませる。

「そいつはありがたいですねえ。うれしいですよ」

にこりとして遠之助が去ってゆく。

直之進は、ゆっくりと闇に紛れてゆく姿を見送った。一町ほど離れたところで、ぽつんと明かりが灯った。それもやがて見えなくなった。

「さて、やつはいますかね」

富士太郎が直之進にきいてきた。

「調べなければならぬな。俺が行こう」

「えっ、それがしどもが調べます」

「探索をもっぱらにする者にこんなことはいいたくはないが、富士太郎さんたちでは必ず気配を覚られる。俺も大仰に動けば覚られようが、俺はやつの姿を見ずともよい。気配をうかがうことができれば、用は済む」

「なるほど、そういうことですかい」

珠吉が納得した声を出す。

「それなら直之進さん、甘えてもよろしいですか」

「もちろんだ。待っていてくれ」

直之進は足音を殺して林に近づいていった。

まず、ほんの五間ほどまで近づいた。よくわからないが、確かに家の屋根ではないかと思える三角の影がかすかに見える。

直之進は家を見つめ、神経を集中した。

人が動く気配がある。数人というところだ。

頭が一瞬、重くなった。目をあけていられないくらいの重みがおおいかぶさってきた。あの男の気配を肌が覚ったのである。

――まちがいない。やつはここだ。

直之進はじりじりと下がりはじめた。

往きより時間をかけて、富士太郎たちが待つ場所に戻った。

「待たせた」

たっぷり四半刻は富士太郎たちから離れていた。

「どうですか」

直之進は首尾を話した。

「そうですか」

富士太郎が顔を輝かせる。珠吉は満足そうに深いうなずきを繰り返している。

「ここから一番近い町は雑司ヶ谷町だね。珠吉、雑司ヶ谷町の自身番に行ってくれるかい。応援の者をよこすように、番所に使いを走らせてもらいたいんだ」

「合点承知」

珠吉があっという間に駆けだす。姿が闇に溶けてゆき、夜の向こうに消え去っていった。


一刻半後、ようやく人数がそろった。

なかなか来ないことに、直之進は苛立ちかけていた。とにかく町奉行所から人数はやってきた。覚られるのを恐れ、誰一人として明かりをつけていない。暗闇のなか、ざっと見て、その数は四十人近くに達している。

与力も駆けつけていた。

「まちがいないな」

与力が富士太郎に確かめる。

「はい、まちがいございませぬ」

きっぱりと告げた。

「今もいるのだな」

「はい、おります」

ほんの四半刻前、もう一度、直之進は気配を探りに行った。前と変わらぬ気配がそこには漂っていた。

「よし、さっそく捕縛にかかる」

与力の合図で林が包囲された。水も漏らさぬ包囲網にはほど遠いのだろうが、あまり贅沢もいっていられない。

「よし、かかれ」

与力が采《さい》を振った。いっせいに明かりが灯った。御用提灯や龕灯である。林に明かりが向けられ、御用、御用の声を張りあげて捕り手たちが駆けだす。富士太郎と珠吉も走りだしている。直之進は富士太郎のうしろにぴたりとついた。

先頭の捕り手が家に突っこんでゆく。扉をあけたが、すぐにはね返され、地面に背中から倒れこんだ。

男たちがばらばらと出てきた。匕首を手にしている。

例の頭もいた。深くほっかむりをしている。余裕を見せつけているのか、両腕をこまねき、戸口の前に突っ立っていた。

御用、御用と突棒や袖搦、刺股を手にした捕り手たちが手下たちと格闘をはじめた。捕り手たちは思った以上にがんばっている。しかも、よく考えていた。数人がかりで一人の男を取り押さえるという戦術をとっているのだ。

これには賊どももたまらず、次々にお縄になってゆく。だが、頭だけは捕り手たちの手には負えなさそうだ。束になってかかってゆくのだが、素手で殴り倒されている。

このままではいずれ死者が出るかもしれぬ。俺の出番だ。

実をいえば、頭の姿を目の当たりにした瞬間から直之進は突っこんでいきたかった。だが、捕り手たちがつかまえるのならそれに越したことはない、と我慢していた。だが、もはや我慢の必要はないようだ。抜刀し、頭に歩み寄っていった。

「直之進さん」

うしろから富士太郎が呼んだ。

「富士太郎さんは下がっていろ。ここは俺にまかせてくれ。そのために俺は来たんだ」

直之進はずんずんと進み、頭の前に立った。

「員弁兜太」

頭が顔をあげ、直之進を見た。

「うぬか。また会ったな。どうしてわしの名を知っておる」

「行くぞ」

直之進は突進した。刀を上段から振りおろす。それを兜太は軽くかわしてみせた。直之進はすばやく兜太の左手にまわった。兜太の死角を衝《つ》かなければならない。そこから刀を斬り下げた。殺すつもりでいる。捕らえるなど、無理だ。直之進は兜太の左手へとまわり続けた。

「小癪《こしゃく》な真似を」

兜太が苦々しげにつぶやく。

「わしが隻眼だとどうしてわかった。うぬ、わしの顔は見ておらぬだろう」

直之進は答えない。

佐之助の仇を討つ。

この一心で、なおも左にまわる。

直之進の動きを読んで、兜太が先まわりの斬撃を繰りだしてきた。それを直之進は待っていた。逆に動いて右側から攻撃を仕掛けた。

それも兜太は受けとめた。だが、かわすだけの余裕はなかったようだ。刀を使って直之進の斬撃を阻むしかなかった。

「なかなかやるな。この前よりずっと腕があがっておるぞ。どうしてこんなに上達した」

だが、兜太の声には焦りは感じられない。むしろ直之進との対決を楽しんでいるのではないか、と思えるほどだ。

鍔《つばぜ》迫り合《あ》いになった。兜太がすっと離れた。鍔迫り合いは先に離れたほうが不利だ。直之進はここぞとばかりに刀を横に払った。

兜太がさっとうしろに下がった。直之進の刀は届かなかった。

兜太がまわりを見る。手下をすべて捕らえた捕り手たちは、全員が兜太のまわりに集まってきていた。

「おう、これはまずいの」

少しもまずいと思っていない口調で兜太がつぶやく。

「ここはおいとまさせてもらうか」

さっと体をひるがえし、家のなかに入っていった。逃さん、と直之進は追った。兜太は裏口から外に出てゆく。

裏手にも何人か捕り手がまわりこんだが、一人があっという間に拳で叩きのめされた。気圧《けお》された他の捕り手はなにもできずに、兜太が逃げてゆくのを見送るばかりだ。

逃がすか。直之進は必死に追いかけた。

だが一町も行かないうちに兜太の姿は闇に紛れ、またたく間に見えなくなった。

直之進は足をとめざるを得なかった。くそう、仇を討つ絶好の機会をみすみす逃してしまった。荒い息を吐きつつ、唇を嚙み締めた。刀を手にしたまま、闇をにらみつけることしかできなかった。

第四章

一

闇を走った。

夜目《よめ》はもとから利く。

飛ぶように田畑を駆けているが、なにかにぶつかることは決してない。しばしば木々や納屋《なや》、道祖神《どうそじん》などがあらわれるが、兜太はひょいひょいと避けてゆく。足をゆるめることなく、つと振り返った。背後には誰もいない。暗闇が続いている。

町方同心が直之進と呼んでいた男もいない。あの男が追ってくる気配を感じていたが、兜太はあっさりと振り切った。やつも夜目が利くようだったが、この闇の深さでは追い続けるのはさすがに無理だ。

それに、いざとなれば闇に溶けてしまえばいい。姿を消してしまえば、やつはなすすべもなく、立ち尽くすしかないだろう。

ならば、おびき寄せておいて殺すという手段もあったか。

ちっ、と兜太から舌打ちが出る。

直之進という男を始末できていたら、どんなに爽快だっただろう。やつは目の上のたんこぶになりかねない。さっさと殺しておいたほうがいい。

隠れ家にいるとき、三十人以上の捕り手に取り囲まれても、兜太は切り抜ける自信があった。

だが、捕り手のなかに、あの直之進という男がいたのは厄介だった。

早めにやつとの戦いを切りあげたのは、正しい判断だった。引くときは無理せず引く。とにかく、生き延びることが最も大切だ。

兜太は足をゆるめた。

——誰かいる。

不意に兜太は、何者かが前途を阻むように立ちふさがっていることに気づいた。

まさか、直之進ではあるまいな。いや、あり得ぬ。やつに先まわりなど、できようはずもない。

　兜太は刀の鯉口を切った。

　影がはっきりと見えている。もうほんの三間ばかりしかない。

　誰かは知らぬが、捕り手のなかに先まわりした男がいるのだ。

　兜太は抜きざまに、刀を振りおろそうとした。

「待て、員弁」

　鋭い声がかかる。その声に聞き覚えがあった。素早く立ちどまった兜太は、刀を中空でとめた。

　それを引き戻し、目の前の影を見つめる。声の主が誰か、思いだしていた。

「石添兵太夫だな」

「よくわかるものよ」

「きさまの声は忘れぬ。きんきんと甲高いからな」

　ふふ、と兵太夫が笑う。

「相変わらず口が悪いな」

「誰に似たのやら」

　兵太夫はなにもいわず、笑みを浮かべ続けている。

「きさま、どうしてここにいる」

笑みを消した。能面のように表情が動かなくなった。

「おぬしを待っていた」

「俺がここに来ると、なぜわかった」

「人というのは、逃げだすとなると、北へ向かうものだ。ほとんどの者が、そういう習い性になっている」

「まことか」

「現に、おぬしはここにあらわれたではないか」

「ふむ、それは認めよう」

刀を鞘に落とし入れ、兜太は兵太夫を見つめた。

「それでなに用だ」

兵太夫がゆっくりと口をひらく。

「我が屋敷に来てもらいたい」

仏頂面《ぶっちょうづら》をしている。

「なにか気に入らぬことでもあったか」

石添兵太夫は、座敷に座る兜太に話しかけた。兜太がふんと鼻を鳴らす。

「役人どもに包囲されたことを思いだした」

「ものの見事に突き破ってのけたのだから、よいではないか」

「おぬし、あの場にいたのだな」

兜太が確かめるようにいう。

「樺山富士太郎という町方同心のあとをつけていたゆえ」

「わしらが取り囲まれるのを、黙って見ていたか」

「包囲されていることに気づいていたはずだ。おぬしが、あれだけの気配を覚れぬわけがない」

「だが、直之進という男がいるとは思わなんだ。やつの気配は覚れなかった」

「あの男はいま、川藤のもとで剣術修行をしている。川藤からさまざまなことを学び取って、自分のものにしているのだろう。おぬしに気配を覚らせなかったのも、川藤との稽古で着実に腕をあげているゆえかもしれぬ」

むう、と兜太が顔をゆがめる。

「そうか。川藤のもとでな。あの男が一足飛びに腕前を伸ばしているのは、そういうことか」

「わしから見ても素質はすごいものがある」

ならば、と兜太がいった。

「やはり、今のうちに摘んでおいたほうがよいな」

「うむ。だが、その前に――」

兵太夫は兜太をじっと見た。

「川藤を倒してもらいたい」

兜太が右目をすがめる。

「どうしてやつを屠《ほふ》らねばならぬ」

「房興という男をかどわかすためだ」

「房興というのは何者だ」

兵太夫は伝えた。

兜太が右目を大きく見ひらく。

「沼里のあるじの弟だと。どうして部屋住みごときをかどわかさねばならぬ」

「ちと理由《わけ》があるのだ」

「理由をいう気はないようだな」

「いずれ伝えよう」

兜太が深く顎を引いた。

「まあ、よかろう。どのみちやつとは決着をつけねばならぬ」

二

済まぬ。

直之進は謝った。

員弁兜太を取り逃がしてしまった。

答えはない。目の前に横たわる佐之助は昏々と眠っているからだ。

枕元で、千勢とお咲希が心配そうに見守っている。貫良の診療所は手狭で、患者を長く置いておくことができず、手当が終わってしばらくしたのち、佐之助は戸板で慎重に甚右衛門店に運ばれてきたのである。

まだ予断を許さないが、最悪の状況は脱したのではあるまいか。直之進はそんな気がしている。

佐之助の顔色は人とは思えないほど青く、寝息も荒いが、両の目尻に深く刻まれていたしわが薄れつつあるのだ。よくよく見ないとわからない変化だが、これは徐々に苦しさから解き放たれている証ではないか。

とにかく、佐之助は生きようとしている。千勢やお咲希を残して、死ぬ気はないのだ。

兜太を逃したのは無念だが、佐之助が快復の兆しを見せているのはうれしかった。直之進は千勢に顔を向けた。

「俺は員弁兜太の行方を追う。必ずそなたやお咲希ちゃん、そして倉田に仇討の成就を伝えにくる」

直之進はいったん長屋に戻り、着替えをした。

兜太を捜すために、再び出かけようとしたとき、おきくの声が障子戸の向こうからきこえた。あわてて障子戸をあけると、おきくがにっこりと笑って立っていた。

直之進は胸を衝かれた。おきくの笑顔に紛れもなく寂しさがあらわれていたからだ。直之進は土間に入れ、障子戸を閉めた。おきくを抱き締める。おきくがそっと顔をうずめてきた。

「済まぬ。ずっとほったらかしだな」

おきくがやわらかくかぶりを振る。

「いいんです。直之進さんは自分のためでなく、人のために働いていらっしゃるから。私は誇りに思っています」

「だが、腕をあげたくて、川藤どのにお師匠になっていただいたりしている。勝手な男だと自分でも思う」

「それだけ直之進さんは、才に恵まれているのですよ。才のほうが、直之進さんを放っておかないのです」

「おきくちゃんにそういってもらえると、少しは気持ちが楽になる」

おきくが潤んだ目で見つめてきた。

「倉田さまのお加減はいかがですか」

直之進はありのままを伝えた。

おきくがほっとした色を頬に浮かべる。

「でしたら、峠は越えられたということですね」

「俺はそう思った」

「早くお目が覚めるといいですね」

「そうなれば、快復は一段と早まろう」

おきくがほほえむ。寂しさは感じられない笑顔になっている。

「直之進さんは倉田さまと、本当に仲よくなられたのですね。今では最も親しい友垣《ともがき》なのではありませんか」

「かもしれぬ。だが、この世で最も大事な者は、おきくちゃんだ」

直之進はおきくの口を吸った。おきくから甘い香りがほんわりと立ちあがる。口を離すと、おきくがぎゅっとしがみついてきた。

「ずっとこうしていたい」

「俺もだ」

直之進はさらに強く抱き締めたが、耳が店に近づいてくる二つの足音をとらえていた。

「誰か来たようだ」

おきくがはっとする。

「富士太郎どのと珠吉だな」

おきくが名残惜しげに離れた。目が濡れたようになっている。

「直之進さん、いらっしゃいますか」

障子戸が控えめに叩かれる。紛れもなく富士太郎の声である。

直之進は障子戸を横に引いた。富士太郎と珠吉が立っている。二人は、そこにおきくがいたことに驚きを隠せない。珠吉は申しわけなさそうな顔をしている。

「邪魔をしてしまいましたか」

富士太郎がすまなさそうにいう。直之進は苦笑した。

「そんなことはないさ」

「私、これで失礼します」

おきくが頭を下げた。

「おきくさん、なにもそんなに急いで帰らなくても――」

富士太郎が引きとめようとする。

「いえ、いいんです」

おきくが直之進を見あげる。

「また来ます」

「ああ、待っている」

おきくが富士太郎と珠吉にていねいに辞儀してから、足早に去っていった。店を出て、姿が見えなくなるまで見送った直之進は、富士太郎と珠吉に顔を向けた。こうべを垂れる。

「昨夜は済まなかった」

「ああ、いえ、とんでもない。直之進さん、顔をあげてください。員弁兜太を捕らえることができなかったのは、直之進さんのせいじゃありませんよ。それがしたちがだらしなかっただけですから」

富士太郎が悔しげに唇を嚙む。

「ちょっと前のことですけど、お寺社の依頼で、賭場の手入れをしたのですよ。それがしたちは加わっていなかったのですけど、女の用心棒を取り逃がしたりして、御奉行のお顔を潰した形になったのです。ですので、昨夜は捕り手の誰もが褌《ふんどし》を締め直していたのですよ。兜太は取り逃がしましたが、他の四人はつかまえたから、まあ、よしとすべきでしょうね」

直之進は、昨晩の捕り手たちのがんばりを思いだした。あの奮戦ぶりには、そういう裏があったのである。

それにしても、女の用心棒とは聞いたことがない。そういえば、あの芳絵という女が茶をいれるとき、賭場では、といっていた。もしや、芳絵こそがその女用心棒なのではないか。わけありとは、そういうことではないのか。

だが、どうしてそこに房興と仁埜丞が関わってくるのか。

二人とも博打が好きとは思えないが、あの娘を屋敷に置いていたということは、賭場に行ったとしか考えられない。房興の見聞を広めるためか。命を狙われているときに賭場に赴《おもむ》くなど、考えにくいが、房興は真興の弟である。同じ血が流れている以上、無茶をするのは当たり前のような気もする。

「直之進さん、どうしました」

直之進は富士太郎に目を当てた。

「済まぬ。ちと考え事をしていた。富士太郎さん、珠吉、汚いところだが、上がるか」

富士太郎が珠吉を見る。

「ちょっと休ませてもらおうか」

「旦那、疲れたんですかい」

「うん、ちょっとね」

「若いのにだらしないですねえ」

「ごめんよ。でも、直之進さんに話もあるしね」

「ああ、さいでしたね。では、お邪魔させていただきましょうか」

富士太郎は、自分が疲れたといったが、実のところ、珠吉を一休みさせたいのだ。いい男だな、と直之進は思った。

二人が上がり、正座した。

直之進は二人の向かいに座った。富士太郎が背筋を伸ばすと、話しだした。

「捕らえた四人は、いろいろと吐いています。五軒の店に盗みに入ったことも認めました」

金は見つかっていない。山分けされたのもあって、男たちが使ったのもあるが、ほとんどは員弁兜太が持っているはずとのことだ。

「員弁兜太がどこかに隠しているということなのでしょうが」

「兜太の居場所は」

富士太郎が首を振る。

「誰も知らぬと口をそろえています」

「手下の四人は、兜太とはどういう知り合いだったのだ」

「四人のうち、二人は兜太と賭場で知り合ったようです。その前から二人で組んで仕事をしてきた者です。二人はそこそこ名の知れた盗賊でした。賭場で遊んでいるとき、兜太が思い切り稼いでみないかと誘ってきたそうです。二人に否やはありませんでした」

「兜太も賭場で遊んでいたのか」

「いえ、兜太は用心棒でした」

「残りの二人は、兜太とどうやって知り合いになった」

「兜太が誘った二人が新たに誘いこんだとのことです」

「そういうことか」

　直之進は相づちを打った。

「それがしどもはその賭場に行き、一家の親分や子分どもに話をきいてきました。残念ながら、兜太について詳しく知る者はいませんでした」

「だが、兜太はそこの用心棒をつとめていたのだろう」

「ある日、兜太がふらりとやってきて、用心棒に使わんか、といったそうです。隻眼だったことに加え、そのときすでに腕の立つ用心棒がいたので、断ったそうですが、俺が素手で倒せるような用心棒では心許《こころもと》なかろう、といい放ち、それをきいた用心棒が兜太に戦いを挑んだそうです。用心棒が木刀を持ったところ、真剣で来い、と丸腰の兜太がいい、用心棒はその通りにしたそうです」

　結果、その用心棒は腕をへし折られ、顔を潰されてお払い箱になった。そのすさまじい腕前を見て親分は兜太に惚れ込み、すぐさま用心棒に据えたという。

「賃銀は日に一分とのことでした。親分にしては相当奮発したようですね」

四日で一両というのは、確かにすごい。

「兜太がいれば、どんな一家と出入りをしても確実に勝てるという読みがあったようです。次々と他の一家の縄張をのみこんでゆくことで、兜太に払う何倍、何十倍もの戻りがあることを期待していたようです」

「兜太はその一家にはどのくらいいた」

「ほんの三月《みつき》ばかりとのことです。親分の目論見はあっさりとはずれました。一家の縄張はほとんど広がっていません」

「その一家の前は、どこにいた」

わかりません、と富士太郎がいった。

「兜太は、自分のことは一切、話さなかったそうです」

「そうか。それは用心深さからくるのかな」

「かもしれませんね。直之進さん、またなにかわかったら知らせに来ますよ」

富士太郎が腰をあげた。珠吉も身軽に立ちあがった。

「俺も兜太を捜しだすつもりだ。見つかったら、富士太郎さんたちに必ず知らせよう」

「ええ、頼みます。でも直之進さん、無理は禁物ですよ」

「わかっている」

富士太郎と珠吉は連れ立って長屋を出ていった。直之進も両刀を腰に差し、出ようとした。

だが、またも来客があった。あまり知り合いのいない江戸でこういうことは珍しい。

客は和四郎だった。

「湯瀬さま、お出かけでございますか」

「そうだが、和四郎どの、なにか用か」

「はい。お忙しいところを恐縮ですが、あるじが田端村の別邸まで、お越し願いたいといっております」

このあいだ登兵衛と和四郎に会ったとき、直之進の指南役について二人が知っていたことが、頭をよぎった。

直之進に断る理由はなかった。

なつかしさに包まれる。

この屋敷は何度も訪れ、わずかのあいだだが、寝起きしたこともある。

「よくいらしてくださいました」

満面の笑みで登兵衛が出迎え、直之進を座敷へ通した。

茶がもたらされ、直之進は遠慮なく喫した。今日は陽射しがないせいか肌寒く、あたたかな茶はありがたかった。

登兵衛が直之進の向かいに座り、その斜めうしろに和四郎が控えた。

「今日は寒うございますな」

「ああ、俺のような暖国の出の者は、江戸の寒さにはなかなか慣れぬ」

「沼里はあたたかいのでしょうな」

「うむ。もっとも、西風の強さは負けておらぬが」

「ほう、沼里はそんなに西の風が強うございますか」

「特に冬は、西へ向かう船が往生《おうじょう》するときいているな」

さようでございますか、と登兵衛がいった。持ち前の温和さが消え、厳しい顔になった。本題に入ることを直之進は覚った。

「湯瀬さまは、下総《しもうさ》古河《こが》の土井《どい》家をご存じでございますか」

「譜代の名門、名だけは存じている」

「真興さまの推挙で湯瀬さまが剣術指南役に入ることを、手前どもが承知していたことを、湯瀬さまはご不審に思われたでしょうな」

「うむ、その通りだ。もしや、それが土井家なのか」

　登兵衛がかぶりを振る。

「いいえ、少なくとも真興さまは、そうお考えではありませんでした。沼里家は七万五千石、土井家は八万石。真興さまは、我が家よりずっと大きな家とおっしゃいませんでしたか」

　直之進は、真興と最後に会った日のことを思いだした。

「その通りだ。よく知っているな」

「はい、まあ、いろいろと耳に入ってまいりますので。――八万石程度では、ずっと大きな家とはいえませぬ。真興さまは、別の家を推挙されるおつもりでございました。十万石以上のお家でございます」

「ほう、そうだったのか」

　それほどまでに真興が自分のことを買ってくれていることを知り、直之進は胸が痛くなった。

「せっかくの殿のご推挙だが、俺は断るつもりでいる」

「えっ、なにゆえでございますか」

「なにしろ腕がない。この程度の腕前で人に教えるなど、俺にはできぬ」

「湯瀬さま」

叫ぶようにいって、登兵衛が畳に両手をつく。和四郎も同じ姿勢を取った。

「どうか、土井家に指南役として入っていただきとう存じます。伏してお願い申しあげます」

直之進は居住まいを正した。

「土井家に指南役に入るとは、登兵衛どの、どういうことかな」

登兵衛がわずかに顔をあげる。

「土井家の今の当主が尾張徳川家からのご養子であるのは、ご存じでございますか」

「いや、初耳だ」

「では、将軍家と尾張家とが不仲であるのは、ご存じでございますか」

「それはきいたことがあるな」

「紀州家から有徳院《ゆうとくいん》さまが入られて、対立は激しくなりました」

有徳院は八代将軍吉宗の諡号《しごう》、平たくいえば戒名である。

「どうもこの尾張家から入ったご養子の動きがきな臭いのでございますよ。尾張家が糸を引いて、なにかやらかすつもりではないかとの危惧を、公儀の要人は抱いております。今の老中首座が、尾張嫌いということも関係しているのかもしれませぬが」

「土井家のきな臭い動きをそれがしに探れというのだな」

「いえ、そういうわけではございませぬ。探索はこの和四郎が行います。ですので、和四郎を湯瀬さまの従者として土井家の上屋敷に入れたいのでございます。湯瀬さまが土井家の家臣たちに剣術を教えている最中、和四郎が上屋敷内を探ることになっています」

そういうことか、と直之進は思った。

「千代田城が風魔《ふうま》の手によって炎上させられたことは、まだ記憶に新しいと存じます」

「確かに。まだ城の普請は続いているのであろう」

「はい、もちろんでございます。三ノ丸や二ノ丸はともかく、本丸だけは外様《とざま》大名にまかせるわけにはいかず、尾張家にまかせたということもあります」

「尾張に対して用心の目を向けているのに、まかせたのか」

「金を使わせたいのでございますよ。尾張は豊かな国でございますから」

「なるほど、国力を弱めたいのか」

「それにもともと尾張家は、御三家筆頭といっても、徳川家よりも朝廷に忠誠を誓っている家でございます。それに加え、有徳院さまが御三卿をおつくりになったことで、尾張から将軍になる目がほぼなくなりました。ますます徳川家へのうらみは大きくなっているものと思われます」

「まさか、幕府を引っ繰り返すなどということを考えているのではなかろうな」

「そこまではわかりませぬが、尾張幕府を夢見ている者は、尾張と縁の深い家中に少なくないものと見られております」

そうなのか、と直之進はいった。話が大きくなってきて、さすがに驚きを隠せない。

「土井家に入った婿養子の名は」

「宗篤《むねあつ》さまと」

「土井家に剣術指南役として入れば、もちろん会うことになるな」

「宗篤さま自身、剣術好きなので、まずまちがいなくお目通りがかなうでしょう」

「宗篤さまは腕が立つのか」

「大名としては、まずまずといったところでございましょうな」

再び登兵衛が両手をそろえる。和四郎もそれにならった。

「近々、土井家の使者がお住まいにやってまいります。どうか、その誘いを受けていただきたいのです」

直之進は和四郎を見た。和四郎はあるじに劣らぬ懇願の目をしている。これまで登兵衛たちにはさんざん世話になった。ここで断るのは侍ではない。いや、その前に男ではない。

「承知したゆえ、どうか、顔をあげてくだされ」

登兵衛の背後にいる幕府の要人が、いかなる手だてで土井家を説き伏せたか気になったが、登兵衛を信じるしかないと直之進は覚悟した。

翌日の昼の四つに、土井家からの内意を伝える使者があった。いかめしい顔つきをした白髪の男だった。

建林《たてばやし》三蔵《さんぞう》と名乗ったその男は、直之進の風体をじろじろと確かめていた。三蔵自身、相当遣える男だった。それは一目見て、直之進にはわかった。

「では、本日中に正式な使者がまいるゆえ、それまでお待ちくだされ」

そういい置いて三蔵は帰っていった。

まさか登兵衛たちと会った次の日とは、直之進は予期していなかった。

直之進は、いつも長屋でぶらぶらしている竹吉《たけきち》という若者に、和四郎にすぐに来てくれるよう使いを頼んだ。竹吉は和四郎を連れて戻ってきた。竹吉にはさらに、今日は稽古に行けそうにない旨を、房興の家へ知らせに走ってもらった。これも竹吉はこなしてくれた。

直之進は少なくない駄賃を竹吉にやった。竹吉は相好《そうごう》を崩し、うれしそうだった。これで働くことのうれしさがわかれば、竹吉もいつまでもぶらぶらしてはいないだろう。

それからなにごともなく二刻が経過した。夕暮れどきになってようやく土井家から正式な使者がやってきた。

裃《かみしも》を身につけて、直之進は駕籠に乗りこんだ。長屋の者は全員が木戸に顔をそろえ、口をあけて見ていた。

親藩、譜代大名の上屋敷がひしめく神田橋内大名小路の一角に、土井家の上屋敷はあった。

内意の使者を務めた三蔵が出迎えた。

「さっそく殿がお会いになるそうでござる。どうぞ、こちらにおいでくだされ」

和四郎はその場に留め置かれた。

長くて暗い廊下である。直之進は三蔵のうしろを進んだ。

三蔵が足をとめたのは、鶴の絵が描かれた襖の前だった。

「殿、三蔵にございます」

「入れ」

やや甲高い声が耳を打った。なかから襖がひらかれる。

「どうぞ」

小姓らしい侍にいわれ、まず三蔵が敷居を越え、そのあとに直之進が続いた。

三蔵が正座して両手をついた。直之進もそれに従った。

一段あがったところに、若い男が脇息《きょうそく》にもたれて座っていた。これが尾張徳川家から養子に入った宗篤だろう。

まだ十代か、せいぜい二十になったばかりではないか。この若さで、謀《はかりごと》などめぐらせられるものなのか。背後で糸を引く者がいれば、きっとできぬことはないのだろう。

「殿、こちらが湯瀬直之進でございます」

直之進は平伏した。

「湯瀬とやら、腕に自信はあるのか」

頭上から声が降ってきた。直之進は三蔵を見た。

「よい、直答を許す」

「ございます」

直之進は畳を見つめたまま、はっきりと答えた。指南役としてこの家に入ると決まった以上、強気で押していったほうがよいと判断してのことだ。自信がないなどといったら、放りだされかねない。

「この三蔵より強いか」

宗篤の問いは続いた。

「さて、いかがにございましょう」

「湯瀬とやら、いや、湯瀬、面《おもて》を上げよ。顔を見たい」

直之進はその命にしたがったが、顔を動かしたのはわずかだ。

「もそっと上げよ」

直之進はいわれた通りにした。宗篤の顔が視野に入ってきた。

のっぺりとした顔で、顎が異様に細い。目が勝ち気につりあがっているのは、この前会った芳絵という三千石の旗本の姫と同じである。唇は酷薄さをあらわしているのか、上下とも薄く、口は梅干し一つ放りこむのも苦労しそうなほどに小さい。

「なかなかよい面構《つらがま》えをしておる。うむ、強そうだ。三蔵、立ち合《お》うてみるか」

「それがしはかまいませぬ」

湯瀬、と宗篤が呼びかける。

「実を申せば、この三蔵はそなたの前任に当たる者なのだ。つまり指南役だった男だ。ちと病いを患い、退くことになったが、まだまだ強いぞ。湯瀬、これは腕試しのよい機会であろう。三蔵に勝てば、家中の者どもの信頼を得ることもできるぞ。どうか」

ここで受けぬなどとは、口が裂けてもいえない。直之進に否やはなかった。

上屋敷内の道場で、直之進は三蔵と竹刀を交えることになった。上座に宗篤が座り、二人に真剣な眼差しを注いでいる。まわりには数人の家中の士が居並んでいるだけだ。

「一本勝負だ」

宗篤が宣する。審判役は、三蔵の高弟が務めることになった。

防具に身をかためた直之進は竹刀を構え、面のなかの三蔵の顔を見つめた。

きええっ、と鋭い気合を発し、三蔵が打ちかかってきた。面と見せかけて胴を狙っている。直之進にはその狙いがはっきりと読めた。待ち構えられていることを知ったか、三蔵がそのまま面に竹刀を落としてきた。

三蔵がそうするだろうということは、直之進には予期できていた。それ以上に、三蔵の竹刀は緩慢に見えた。仁埜丞の斬撃とはあまりにもちがう。

ここは受けてやり、少しでも三蔵の面目を立てるべきなのか。それとも、容赦なく打ち据え、こちらの実力のほどを見せつけるべきなのか。

手加減をしたことは、三蔵にすぐさま露見するだろう。ここは思い切り竹刀を振るったほうがよい、と直之進は決断した。

面を狙ってきた竹刀を軽く首を振ってよけるや、胴に竹刀を打ちこんだ。びしりと小気味よい音が響いたが、この道場内にいる者のほとんどが、直之進の打ちこみが入ったことに気づかなかった。審判役の高弟ですら、あまりの速さに見逃した。

一人、三蔵だけがわかっていた。どすん、と床に尻を落とした。手を離れた竹刀が音を立てて転がる。

「どうした、三蔵。どこか痛めたのか」

宗篤の声が飛んだ。よろよろと三蔵が宗篤に向き直り、両手をそろえた。

「それがし、いま胴を打たれましてございます」

「なに、まことか」

「はい。それはそれは、きれいに決まりもうした」

審判役が恥ずかしげにうつむく。三蔵がそれに気づき、声を励ます。

「気にするな。誰の目にもとまらなかったのだ。湯瀬どのの打ちこみはそれほど速かった。――殿」

三蔵が顔をあげ、宗篤を控えめに見る。

「この湯瀬直之進どの、とてつもなく強うございますぞ。これ以上望みようのないお方に、指南役として入ってもらうことができたようにございます。殿、お喜びくだされ」

三

味噌汁づくりに精をだしていた。

仁埜丞は味見をした。

「うむ、悪くない」

房興が塩辛い味噌汁が苦手なので、仁埜丞は自分の好みよりも少し味噌を減らしている。だしを濃いめにすることで、多少味噌が薄くなってもおいしい味噌汁になることを、仁埜丞は最近になって知った。具は豆腐。これは房興も仁埜丞も大の好物である。

すでに飯も炊けている。おかずは目刺しである。あとはたくあん。

大名の弟としては粗食かもしれないが、房興がこの程度で十分だというので、仁埜丞はその言葉に甘えている。

伸び盛りだから、もっとよいおかずを出してやりたいという気持ちがないわけではないが、房興はさほど食が太くなく、たくさん出したからといって、あまり喜ばない。

仁埜丞は房興の部屋に赴き、夕餉ができた旨を告げた。房興はすぐにやってきて、台所の隣の間に正座した。

すでに膳は並べてある。呼べばすぐさま来てくれる。このあたりは房興の美点である。

仁埜丞たちが食事をはじめてしばらくしたとき、訪いを告げる女の声がした。

仁埜丞は刀を手に立ちあがり、戸口に向かった。

戸をあけると、そこに立っていたのは芳絵だった。うしろに髪をまとめ、両刀を腰に差している。それが下手な侍よりさまになっている。風呂敷包みを手にしていた。

「どうしたんだ」

驚いて仁埜丞がただすと、芳絵がにこりとした。

「屋敷を追いだされちゃったの」

「父上にか」

「ええ、そうよ。だから、今夜はここに泊めてくれる」

追いだされたというのは、偽りだろう。どうせ、このお跳ねは屋敷を抜けだしてきたにちがいないのだ。

仁埜丞は唇をひん曲げた。芳絵が眉を八の字にした。

「ねえ、そんな顔、しないでよ」

「帰ったほうがよい」

「冷たいこと、いわないで。追いだされたのに、帰れるわけないでしょ」

「ならば、それがしがお父上に口をきいてやろう」

「ううん、そんなこと、する必要ないわ」

芳絵が首を振り、両手を合わせて懇願する。

「ねえ、私、ここで下女をするから、置いてよ。ねえ、お願い」

「下女は口入屋に頼んである」

「でも、まだ来てないんでしょ。いつ来るかわからない人より、現にこうして来ている人のほうがずっといいと思うわよ」

「だが、そなたがここにやってくることは、あの用人にはすでに知れておるぞ。すぐに見えるはずだ」

「来ないわよ」

「どうしてそういえる」

「あんまりうるさいんで、猿ぐつわをかまして、庭の木につるしてきたから。当分見つからないわ」

「なんと。まさかお父上にはそのような真似はしておらぬだろうな」

「父上は体が弱いから、そんなことをしたら、死んでしまうわ。縁談をやめない限り、私は戻らないつもりよ」

「そんなにいやなのか」

「いやよ。どこかの殿さまらしいけど、どうせ年寄りに決まってるじゃないの」

「いや、そうでもあるまい。若い殿さまはたくさんいらっしゃる」

仁埜丞は、真興のことを口にしそうになった。まだ房興の出自を芳絵に話していないことを思いだし、黙りこんだ。

「それに大名家なんて、窮屈じゃないの。今以上に窮屈なところなんて、冗談じゃないわ。私、籠の鳥じゃないもの」

「仁埜丞」

背後から呼ばれた。そこに房興が来ていることは、気配で知っていた。仁埜丞はゆっくりと振り向いた。

「今宵は置いてやればよい。もうだいぶ暗くなった。無理に帰すこともあるまい」

「承知いたしました」

仁埜丞は芳絵に向き直った。

「ということだ。殿に感謝することだな」

「ありがとう、房興さん」

芳絵がにこりと笑って頭を下げた。

芳絵にはいちばん奥の部屋を与えた。風呂敷包みは衣服などだった。

「仁埜丞、わしは甘いか」

居間で茶を喫しはじめたとき、房興にきかれて、仁埜丞は首を横に振った。笑みを浮かべて答える。

「殿はおやさしいだけにございます」

「だが、やさしさはときにむごさを生むときいたこともある」

「そういうこともございましょうが、芳絵どのに関しては、その心配は無用にございましょう。あの娘は心がとても強うございます。むごさが生まれるようなことは、まずありますまい」

「それならよいのだが」

失礼しますよ、と芳絵が部屋に入ってきた。当然のように房興の隣に座る。

「ねえ、私の噂、しているの」

にこにこして房興を見あげる。

「うむ、そうだ。そなたの噂をしていた」

「どんな噂」

「心がとても強いということだ」

「えっ、私の心が強いって。そんなこと、全然ないわ。私、弱いもの」

「そうかな。とても強く見えるが」

芳絵が房興をじっと見る。

「房興さん、私が強く見えるだなんて、なにか悩みがあるんじゃないの」

「ああ、ある」

房興があっさりという。

「どんな悩み」

「金儲けだ」

芳絵が目を丸くする。

「房興さん、お金を稼ごうとしているの」

「そうだ。大金がほしい」

「大金て、どのくらい」

「二百両だな」

芳絵が目をむく。

「それはすごいわ。私、見たことないもの。ねえ、どうしてそんなお金が必要なの。借金でもあるの」

「借金はない。だが、どうしても稼がなければならぬ」

「だから、賭場に来ていたの」

「いや、賭場で稼ごうなどという気はなかった。あれは仁埜丞に無理をいって、見聞を広めるために連れていってもらっただけだ」

芳絵が房興を凝視する。少し悲しげな顔つきになった。

「女ね」

よくわかるものだ、と仁埜丞は芳絵の勘のよさに驚いた。

「女のために、房興さんはお金を稼ごうとしているのね」

芳絵がすっと形のよい顎を上げた。

「わかったわ、私も力を貸すわ」

「えっ、どうやって」

「私にはお金がないから、知恵を貸すのよ」

「知恵か。ならば、金儲けのためにはどんなことをすればよいかな」

そうねえ、と芳絵が顎に人さし指を当てた。

「私がやるとしたら、お菓子の店かしら」

「ほう、菓子か。おなごらしいな。甘い物できたか。菓子は儲かるのか」

「そりゃ儲かるわよ。江戸にはいくつも繁盛店があるけど、その店には江戸中からお客が押し寄せるんだから。地方から江戸見物に来た人たちも大勢やってくるのよ。なかには一日千人からのお客のある店だってあるの。その店って、一日いくらの売上があるのかしら」

一串八文の餡餅《あんもち》なのだそうだが、仮に一人が二串ずつ買ったとして十六文。それが一千人だから、一万六千文。一両が四千文として、四両になる。

材料の仕入れに加え、奉公人の賃銀などの掛かりがあるから、すべてが儲けにはならないが、一月の売上が百両を超えるということになれば、二百両くらい稼ぐのは確かにむずかしいことではない。

だが、そこまで店を持ってゆくのがたいへんだろう。

ねえ、と芳絵がいった。

「明日、いろいろなお菓子屋さんをまわってみましょうよ」

房興が仁埜丞を見る。

「ねえ、駄目なの。なにか外に出ちゃいけない理由でもあるの」

「それがあるのだ」

ため息をつくような口調で房興がいう。

「どんな理由なの」

「実はわしは狙われているのだ」

「ええっ」

芳絵がのけぞるように驚く。

「誰に、どうして」

「それがさっぱりわからぬ」

「ねえ、房興さんて何者なの」

「仁埜丞、いってもよいかな」

「はい、かまいませんでしょう」

「えっ、なに、大仰なことをいっているの。もしかして、上さまのご落胤《らくいん》なの。

――ああ、ちがうわね。ご落胤なら、二百両くらいのお金で悩んだりしないわね」

房興は芳絵に告げようとしたが、自分の身分を伝えるのになんといえばよいのか、迷ったようだ。仁埜丞は、それがしが申し上げましょう、と房興にいい、芳絵に向き直った。

「実を申せば、房興さまは、沼里のあるじであらせられる真興さまの弟御でいらっしゃるのだ」

「えぇっ」

芳絵がまたも大仰に驚いた。胸を押さえて房興をまじまじと見る。

「へえ、そうなの。房興さんて、沼里の殿さまの弟君なの。道理で高貴な顔立ちをしていると思ったわ。だったら、二百両くらい、その真興さんて兄上から借りればいいいんじゃないの」

「いや、それはできぬ」

房興がきっぱりと言い切る。

「自分の力で稼ぎたい。稼がねばならぬ」

「でも、自力で稼ぐって、そうたやすいことではないわよねえ」

芳絵が真剣な目を当ててきた。

「狙われているのは、房興さんの出自が関係しているの」

「しているかもしれぬし、しておらぬかもしれぬ。よくわからぬというのが実のところだ」

「狙われたのは一度だけなの」

「そうだ。そのときは六人の浪人者が襲ってきた。その者らは仁埜丞が退治てくれたが、次はないと考えるわけにもいかぬ」

「そうねえ、新手《あらて》がくるかもしれないものねえ。だったら、他出するのはむずかしいわねえ。私が房興さんを狙うんだったら、この家に押しこむのはいやだわ。必ず仁埜丞さんが房興さんのそばにひっついているでしょう。まずは、仁埜丞さんを倒さなきゃならないわけよ。それは相当、骨よね。外なら、仁埜丞さんを引きつけておいてって手が使えるもの」

不意に房興が悔しさをあらわにした。拳を握り締めている。

「どうしたの」

「いや、急に怒りがこみあげてきた。せっかく江戸に出てきたというに、自由に動けぬなど、あまりに理不尽だと思ってな」

「狙ったのが何者かわかれば、打つ手もあるのだろうけどねえ」

芳絵が顔をしかめる。

「房興さん、かわいそう」

「殿、明日、芳絵どのと一緒に出かけましょうか。狙われているからといって、いつもいつもこの家にこもっているわけにはいきませぬ。たまには外に出ぬと、息が詰まりましょう。病にかかってしまうかもしれませぬし」

「よいのか、仁埜丞」

「夜、賭場に出かけるよりも安全でありましょう。ただし、あまり長居はせぬようにいたしましょう」


夜が明けた。

朝は家でゆっくりし、日が高くなって人出が多くなってから、仁埜丞は房興と芳絵とともに外に出た。

仁埜丞はさっそく気配を嗅いでみたが、いやな視線を覚えることはなかった。今のところは大丈夫だが、決して油断はできない。

菓子屋には芳絵が連れていってくれた。

いろいろな店があった。おこし、饅頭、餡餅、栗餅《くりもち》、羊羹《ようかん》、金平糖《こんぺいとう》、有平糖《あるへいとう》、求肥《ぎゅうひ》などを商っている店である。饅頭だけでも花饅頭、米饅頭、蕎麦饅頭、朧《おぼろ》饅頭、薯蕷《しょよ》饅頭といくつも種類があった。

菓子屋は必ず、蒸籠《せいろ》の形をした看板を路上にだしていた。それは、一軒として例外がなかった。

「あれは看板なんだけど、正しくは招牌《しょうはい》というのよ」

「ほう、そうなのか」

房興は感心している。

「芳絵どのは物知りよな」

「そんなことはないわ」

謙遜しながらも、芳絵はほめられてうれしそうだ。

ほとんどの菓子屋で商品を買い求めて、少しずつ味見をした。評判通りのものもあれば、評判倒れとしかいいようのないものもあった。

二十軒以上の菓子屋をまわって、仁埜丞は引きあげることにした。意外に時間がかかった。日暮れにはまだ少しだけ間があるが、冬はあっという間に暗くなる。早く帰るに越したことはない。

六つすぎになれば、直之進も来るだろう。昨日は直之進から使いが来て、はずせない用事があって稽古に来られないとのことだったが、今日は必ず姿を見せるにちがいない。

「やっぱりお菓子屋さんはいいわねえ。食べたあと、幸せになれるもの。人を幸せにできるって、すばらしいわあ」

暮れゆく空を見あげて、芳絵がしみじみという。今日は冬らしく、空はすっきりと晴れ渡っている。青色が薄まり、代わって橙色《だいだいいろ》が濃くなりつつある。その色がくっきりと見えているのは、それだけ今日の大気は澄んでいるということなのだろう。

「わしも同感だ」

房興が深くうなずいてみせる。

「生まれて初めてこんなに甘い物をたくさん食べて、その気持ちが少しわかったような気がする。どうせやるのなら、芳絵どののいう通り、人を幸せにできることがよいな」

「ね、やっぱりお菓子屋さんよ」

にこにこと芳絵が房興に笑いかける。

「菓子屋だとして、なにがよいかな」

「そうねえ、そこがむずかしいところよね」

芳絵が歩きながら、腕組みをする。

「今日は行かなかったけど、鈴木越後や金沢丹後という羊羹屋さんの羊羹は、ひと棹《さお》で銀二匁もするっていうから、かなりのものね。よくわからないけど、百二十文くらいかしらね。私も何度か口にしたことがあるけれど、確かになめらかな口当たりで、おいしいのよ。絶品という人もいるわ。でもそんなに高いお菓子、そうそう買えるものじゃないものね。進物にするにはいいんでしょうけど、もっと町人でも気軽に買えるお菓子がいいわ」

家のそばまで帰ってきたときには、すでにとっぷりと日が暮れていた。じき、直之進もやってくるだろう。

仁埜丞は家に入ろうとして、いやな気配を感じた。房興と芳絵の足をとどめた。

「どうした」

「そこに、誰かおります」

仁埜丞は冠木門の先の角を指さした。それを待っていたかのように、ふらりと影が路上に出てきた。

「待っていたぞ、川藤仁埜丞」

仁埜丞は目をみはった。

「員弁兜太か」

「そうだ。何年ぶりかな」

「忘れてはおらぬはずだ」

「きさまもそうだろう。七年ぶりだ」

影が近づいてきた。ほっかむりなどしておらず、隻眼であるのがはっきりとわかる。

「川藤、是非とも七年前の決着をつけようではないか」

仁埜丞は迷った。立ち合うのはやぶさかではないが、もし自分がやられたら、房興を守る者がいなくなってしまう。

「なぜ今日だ」

「いやなら明日でもよい」

「仁埜丞、この者は湯瀬と戦い、倉田どのを傷つけた男ではないか」

「その通りでございます」

「仁埜丞、これは倉田どのの仇を討つ絶好の機会ではないか」

「その通りでございますが」

「わしを案じておるのか」

房興がのぞきこんできた。

「わしのためにこの機会を逃すことはない。やればよい。仁埜丞が負けるはずがない」

房興の言葉に兜太は薄ら笑いを浮かべた。

「あるじがそこまでいうてくれているのだ。川藤、逃げることはあるまい」

仁埜丞は兜太を見据えた。

「どこでやる」

「裏に原っぱがあるな。あそこでどうだ。邪魔は入るまい」

「殿は家に入っていてください」

「そうはいかぬ」

もし自分がやられたとき、兜太は房興や芳絵まで害そうとするだろうか。

「川藤、この二人の心配をしているのか。わしが勝っても、手をだすような真似はせぬ。安心しろ」

その言葉を信用すべきなのか迷ったが、兜太がその気になれば、家に押し入るだろう。結局は同じことである。、仁埜丞は原っぱに向かった。

原っぱの端で、兜太が背中を見せた。こちらを向いたときには、左手を縛りあげていた。仁埜丞はさすがに驚いた。

「どうだ、これで右手に右目だけだ」

「承知した」

仁埜丞は手ぬぐいを取りだすと、芳絵を呼んで左目をふさがせた。芳絵が原っぱの隅に立つ房輿のもとに走り戻っていく。

ふふ、と兜太が仁埜丞を見て、愉快そうに笑う。

「それでこそ川藤仁埜丞よ。とにかく、これで互いに互角ということだな。殺されても、うらみっこなしだ」

兜太が右手一本ですらりと刀を抜いた。仁埜丞も抜刀する。

勝負は一瞬で決まる。それは仁埜丞にはわかりすぎるほどわかっていた。

「行くぞっ」

吠えるようにいって、兜太が突っこんできた。上段から右手一本の片手斬りを見舞ってくる。

仁埜丞はそれを刀の峰で受け流した。兜太の刀が、つーと峰を滑り落ちてゆく。仁埜丞は刀を横に払った。それはあっさりとかわされた。やはり目測がうまく計れない。それに、この男は盗人の頭である。どうにか生きて捕らえたい。仁埜丞にその気持ちがあるせいで斬撃がやや甘くなっていた。

兜太がまたも上段から刀を落としてきた。仁埜丞はそれを左にかわした。いきなり、仁埜丞の右の足元から刀が振りあげられた。左手を縛ってある以上、あり得ない斬撃だった。

仁埜丞はよけようとしたが、脇腹を斬り裂かれたのを感じた。血がぱっと散った。

どうしてだ。

地面に倒れこみながら仁埜丞は兜太を見た。左手に刀を握っていた。

「卑怯な」

「馬鹿め」

兜太がののしる。

「世の中、勝つほうが正義だ。やはりうぬは甘いな。あのときも自由になる右腕でわしにとどめをさせたのに、それをしなかった」

仁埜丞は動こうとした。だが、体にまったく力が入らない。

「仁埜丞」

「仁埜丞さん」

房興と芳絵が走り寄ってきた。来ないほうがいい、と仁埜丞はいったが、声にならなかった。こやつは約束を守るような男ではない。房興を害さないという言葉も、嘘っぱちに決まっている。

「おい」

兜太が房興に向けて顎をしゃくった。ばらばらと十人近い侍があらわれた。

一人が房興に当《あ》て身《み》をくれた。うっ。房興があっけなく気を失う。くにゃりと体が折れた。それを侍が抱きとめる。

「なにをするのよ」

芳絵が刀を抜き、その侍に斬りかかる。目にもとまらぬ斬撃である。

うおっ。危うく避けたが、殺されかけた侍がぎくりとして芳絵を見る。ここにいる侍たちで芳絵の相手ができる者はいないのではないか。

「いったいなにをしておる」

渋い声を発して、兜太が近づいてきた。えいっ。芳絵が気合をこめて、斬りかかる。

よせ、と仁埜丞は思ったが、やはり声は喉でとまった。

芳絵の刀は竹光のように軽々と受けられた。ひょいと兜太が刀を動かすと、芳絵の刀が弾き飛ばされた。三間ばかり宙を飛んで、枯れ草の上に落ちた。芳絵はなにもなくなった両手を見つめ、呆然としている。

兜太が気づいたように仁埜丞を見た。

「こやつには、とどめを刺したほうがよかろうな。生かしておくと、いずれ後悔するやもしれぬ」

「やめなさいよ」

芳絵が金切り声を発した。

「おまえらは房興をさっさと運べ」

それをきいた芳絵が侍に突進する。

「放しなさいよ」


――今の声は。

直之進は耳を澄ませた。やめなさいよ、と確かにきこえた。またなにかきこえた。放しなさいよ、といっているようだ。

芳絵という娘の声によく似ていた。芳絵の身になにかあったのか。土井家の上屋敷を出て、すでに房興の家のすぐそばまで来ていた。土井家には、毎日の稽古があることは告げてあり、上屋敷を出る許しはもらっている。

直之進は声のするほうに向かって、脱兎のごとく走りだした。

暗闇のなか、十人以上の影がもみ合っているのが見える。芳絵が一人の侍にむしゃぶりついているようだ。

「どうした」

直之進は声をかけた。おっ、と一人の男が声を発した。

「なんだ、こんなところで会《お》うてしもうたか。物事というのは、なかなか思う通りにはいかぬものよ」

「きさまは」

紛れもなく員弁兜太だ。直之進は刀を抜いた。芳絵がむしゃぶりついているのは、房興を担ごうとしている侍らしい。房興がかどわかされそうになっているのである。

「きさまら」

直之進は頭に血がのぼった。兜太に斬りかかりたいが、その前に房興を救わねばならない。兜太がいらついたように芳絵に歩み寄り、拳を振るった。がつ、と音が響き、芳絵がのけぞった。地面に倒れこむ。

「さっさと連れてゆけ」

兜太が侍たちに命ずる。侍たちが房興に群がり、その場から連れだそうとする。直之進は追いすがろうとしたが、兜太が立ちふさがった。

「ここできさまを殺してもよいが、まだ勝負のときではない。今は引いてやる」

兜太がちらりと視線を横に流した。

「まったく命冥加《いのちみようが》なやつよ。目を潰してやろうと思ったが……」

いきなりきびすを返して、だっと走りだす。直之進は間髪いれず追った。

あたりは暗いが、まだ房輿を運んでいる者たちの影はかろうじて見えている。

兜太さえ倒せば、房輿は取り戻せる。

兜太の背中が近づいてくる。直之進は間合に入るや、刀を振りおろした。だが、それはよけられた。

横にまわられ、刀が払われた。直之進はうしろに下がって避けた。

その間にまた兜太が駆けだしている。直之進は再び地を蹴った。

必死に追いすがる。兜太が振り向きざま、刀を振りおろしてきた。直之進はよけ、兜太に肉迫した。刀を下から振りあげる。ぴっと着物に触れた音がした。ついにここまでやれるようになった。

「きさまぁ」

咆哮《ほうこう》するように怒鳴り、兜太が刀を上段から繰りだしてきた。そのときには、兜太の姿は闇に消えていた。見えているのは刀だけだ。

刀が縦横無尽《じゅうおうむじん》に振られる。兜太の姿が見えないだけに厄介だ。ふつうは、誰もが敵の姿を見ながら戦うものである。それで相手の動きや出方を予測する。それがまったくできない。

直之進はさすがに神経をすり減らした。

だが、ここであきらめるわけにはいかない。房興を取り戻さなければならない。

だが、兜太の壁は厚い。なかなか破れない。

なんとかしなければと思うが、なんともできない。歯がゆい。焦りだけが心にじっとりと忍びこんでくる。

もう房興を運んでいる者どもの姿はどこにも見えない。完全に闇の向こうに消えてしまった。

そのことを兜太も覚ったか、いきなり刀がくるりと返された。刀が宙を飛んでゆく。

直之進は追った。だが、刀は小さい。光があれば刀身が映ずるのだろうが、今は江戸の町はどっぷりと闇に浸かっている。次々に路地に入られて、ついに見失ってしまった。

直之進はそれでも立ちどまることなく、あたりを捜しまわった。だが、兜太の刀を目にすることは二度となかった。

くそう。直之進は悔し涙が出そうだった。それをこらえ、急ぎ足で先ほどの原っぱに戻った。仁埜丞がついていて、どうして房興がかどわかされたのか。仁埜丞は殺《や》られてしまったのだろうか。

直之進は息を切らして、原っぱにたどりついた。仁埜丞が倒れているのが見えた。

立ちすくみそうになる。生きていてくだされ。祈りつつ近づいた。

祈りが通じたか、仁埜丞の息はあった。左目を隠すように顔に手ぬぐいがかかっている。これはなんなのか。もしや、と直之進はひらめいた。

いや、今はそんなことを考えている場合ではない。とにかく医者に連れてゆかねば。

「殿、殿……」

仁埜丞がうわごとをつぶやく。意外にしっかりとした声だ。

脇腹からおびただしい血が流れ出して、地面に血だまりをつくっている。

相当の深手《ふかで》だが、命に別状はないのではないか。直之進はそう思いたかった。

気を失っていた芳絵がふらふらと立ちあがった。あたりを見まわしている。

「芳絵どの」

直之進は呼んだ。はっとして芳絵がこちらを見る。

「見えるか、ここだ」

「ああ」

救われたような声をだして、芳絵が近づいてきた。頬を押さえている。

「房興さんは」

直之進のかたわらまで来ていった。

「かどわかされた」

「ええっ」

芳絵が呆然とする。

「川藤どのを医者に運びたい。このあたりで医者を知っているか」

「ええ、確か近くに看板が出ていたわ」

「よし、そこに連れてゆこう」

だが、その前にせめて少しは血どめをしたほうがよいのではないか。

直之進は、仁埜丞の顔にかかっている手ぬぐいを取り、脇腹に当ててみた。あっという間に血でぐっしょりとなった。

それでも、手ぬぐいを肩にまわして縛った。血がとまるとは思えないが、今はこれ以上のことはできない。

できるだけ揺らさないように注意して、直之進は仁埜丞を担ぎあげた。

四

畳に転がされた。

その拍子に意識が戻った。

がばっと起きたときには、牢格子に錠がおろされたところだった。鉄のいやな音が、座敷牢にこだまする。

襖が閉まり、足音がゆっくりと遠ざかってゆく。

房興は、がしっと牢格子をつかんだ。

「出せ」

叫んだが、返事はない。声はむなしく天井や壁に吸いこまれてゆくだけだ。

牢格子を揺すったが、びくともしない。

「誰か出てこい」

大声をだしたが、返ってきたのは沈黙だけだ。それでも房興は何度も大声を繰り返した。だが、結果は同じだった。

くそ。毒づいた房興はそれ以上声をだすのはあきらめて、畳の上にひっくり返った。天井を見つめる。

いったいなにがどうしてこうなったのか、さっぱりわからない。

がばっとはね起きた。仁埜丞はどうしたのか。大丈夫なのか。いや、血しぶきとともに倒れていった。相当の深手を負ったはずだ。大丈夫のはずがない。

芳絵どのはどうしたのか。無事なのか。巻き添えを食わせてしまった。

無事ならよいが、あの性格ではただでは済まないかもしれない。

房興は冷静になって、座敷牢を見まわした。六畳間である。かなり古い座敷牢だ。畳にはところどころ血のようなしみがある。前に入れられた者が血を吐くような思いをしたのか。

だが、誰がどうして自分をかどわかすような真似をしたのか。自分をかどわかして、どんな得があるというのか。兄から身の代を奪おうというのか。

だが、前にも考えた通り、房興という男をかどわかして身の代を得たところで、利になるとはまったく思えないのだ。必ず復讐され、末路は惨めなものになる。

そういうことを考えない者に、かどわかされたのだろうか。だが、それならば、すぐに殺してしまったほうがよいのではないか。そのほうが、後腐れがない。生きているように見せかけて身の代を奪うことは、そんなにむずかしいことではあるまい。

ふう、と房興は大きくため息を漏らした。

——目的がさっぱりわからぬ。

それに、員弁兜太があらわれたのは、いったいどういうことなのか。あやつは盗人の頭ではないか。それがどうして自分のかどわかしに関わってくるのか。盗人仲間の四人をすべて失ったから、別の犯罪に荷担しようというのか。

やつは、十人ばかりの侍をおのれの配下のように動かしていた。侍が出てくるのはどういうことか。しかも浪人者ではなく、れっきとした侍だった。それはまちがいない。

武家が身の代を狙うのか。今は台所が厳しいところが多いから、そういう者がいても不思議はないが、れっきとした侍がするようなことにはどうしても思えない。

房興は再び畳に横になった。目を閉じる。ひどく疲れている。だからといって、このまま眠れるだけの図太い神経はない。

ふと、足音がきこえてきた。房興は起きあがった。牢格子ににじり寄る。

足音がとまり、静かに襖が横に動いた。頭巾《ずきん》で顔を隠した男が入ってきた。後ろ手に襖を閉める。

「おぬしが房興か」

やや甲高い声でいい、牢格子の前に立って見おろしてきた。ちんまりとした瞳が、房興を見つめている。

この瞳とこの声は一生忘れぬ、と房興は心に刻みつけた。

「何者だ」

その思いを覚られぬよう、房興は声の限りに叫んだ。

「頭巾を取れ。顔を見せよ」

激高しているように見せかけなければならない。

頭巾のなかの顔が、しかめられたように見えた。

「ほんにうるさい男よな。真興の弟というから、もっと器の大きな男かと思ったが、どうやら見損なったようだ。ふむ、兄とは似ても似つかぬ男なのだな。不肖の弟といったところか」

そういうふうに思うのなら、そのほうが都合がよい。

頭巾がゆがんだ。目が和んでいる。こやつは笑ったのだと房興は覚った。

ふふ、と頭巾からくぐもった声が漏れてきた。

「きさまがそんな男でないことは、重々承知しておる。頭に血をのぼらせた愚弟の芝居をしおって。つまらぬな」

「そなたは兄上を知っているのか」

房興は平静な声音でたずねた。

「知っている」

「どういう知り合いだ」

「それはいえぬ」

「そなたの顔を見せてはくれぬのか」

「ならぬ。万が一、きさまがこの座敷牢を生きて出たとき、顔を見られていては、言い逃れができぬ」

「そんなことを考えての頭巾か。ずいぶんと気が小さいものよ」

「怒らせようとしても無駄だ。その手には乗らぬ」

男が不意にしゃがみこみ、目の高さを合わせてきた。

「どうしてきさまをかどわかしたか、そのわけをききたいだろう」

房興は男をにらみつけた。

「ああ、ききたい」

「よいか、きさまは餌だ」

これはどういう意味なのか、房興は考えた。餌ということは、誰かをおびきだすということだろう。だが、誰を誘おうというのか。

房興は黙って続きを待った。

「きさまの兄よ。真興を江戸におびきだす。きさまはそのための餌だ」

衝撃を受けたが、その思いを外にださず、房興は必死に考えた。

自分がかどわかされたと知ったら、兄上はまちがいなく江戸に駆けつけてくるだろう。この者は兄上にうらみを持つ者だろうか。それで、兄上の命を取る気なのか。

「きさま、兄上になにをする気だ」

「それも言えぬな。だが、いわずともわかるだろう」

「言え」

房興は牢格子を揺さぶった。ぎし、という音がしただけだ。

そんな房興を男が冷ややかに見ている。ふふ、とまた笑いを漏らした。

「それは芝居ではないな」

男が目で笑い、体をさっとひるがえした。襖をあけ、廊下に出る。襖が閉じられ、荒い足音が響きはじめた。だが、それもやがて消えていった。

房興は唐突に疲れを覚え、どすんと畳に尻を落とした。

兄上、と心のなかで呼んだ。この声が届けばよいのに。

済みませぬ、と房興はこうべを垂れた。それがしのせいで、兄上の御身を危険にさらしてしまうかもしれませぬ。兄上、どうか、江戸にはいらっしゃらないでくだされ。


頭巾を取って、石添兵太夫は座敷に戻った。

目を閉じて座っていた兜太が顔をあげた。同時に目をあける。両の瞳が異様な光を帯びている。

「どうした」

兵太夫は声をかけた。

「決まっておる」

怒りを隠さずに兜太が答える。

「湯瀬直之進を殺す。あの男は目障《めざわ》りだ。始末したほうがよい」

「それはよいが、どうやって殺す。今日はずいぶんと苦戦したのではないか」

兵太夫は、わずかに切れている兜太の袖を見つめた。

兜太がちらりとそこを見る。

「——やつを罠にかける」

「ほう、罠か」

「そうだ」

兜太がぎらりと目を光らせて、舌なめずりする。

「真輿のようにおびきだして、首を刎《は》ねてやる」

五

知らせを受けたとき、富士太郎は腰が抜けそうになった。

なにしろ、房興がかどわかされたというのだから。そんなことが起ころうとは、夢にも考えなかった。

いったいどうしてそんなことに。誰がかどわかしたというのか。房興は江戸に出てきたばかりだ。知り合いだっていないだろう。

房興のかどわかしを知らせてきたのは、直之進の使いの者だった。とある医者のもとで下働きをしている若い男である。

富士太郎は珠吉を連れ、下働きの男とともにその医者の診療所に向かった。

待合部屋に沈痛な表情をした直之進がいた。その隣の診療部屋では、川藤仁埜丞が手当を受けている様子だった。

待合部屋では、芳絵という女も一緒だった。どうしてこの娘がいるのか、富士太郎は不思議でならなかったが、また屋敷を抜けだしたのかもしれないね、と覚った。

だが、今は芳絵に関心を向けている場合ではない。

「いったいなにがあったのですか」

朝日が射しこむ部屋で、富士太郎は直之進にささやくようにきいた。

これまでに起きたことを、わかりやすく直之進が話してくれた。

富士太郎は目を鋭くした。

「あの員弁兜太があらわれたのですか」

「そうだ」

「だが、どうしてあの男が房興さまをかどわかさなければならぬのです」

「それがさっぱりわからぬ」

直之進が唇を嚙み締めていう。

富士太郎は問いを続けた。

「房興さまをかどわかした者たちは、侍でまちがいないのですね」

「ああ、まちがいない」

「ええ、まちがいないわ」

直之進と芳絵が同時にいった。

「あいつらは侍よ。私、顔も覚えているわ」

富士太郎は芳絵に目をやった。

「本当かい」

「ええ、嘘はつかないわ。覚えているといっても、一人だけだけど」

「じゃあ、ちょっと描いてみようかな」

富士太郎は独り言のようにいった。

「描くってなにを」

「人相書さ。芳絵さんがはっきりと覚えているうちに描いてみるから、力を貸してくれるかい」

「もちろんよ」

富士太郎は、珠吉から矢立と紙を受け取った。それから芳絵に向き直る。ちらりと直之進に目をやった。

「最近は、こういうこともできるようになったのですよ」

「それはすごいな」

まじめな顔でうなずいて、富士太郎は目を芳絵に戻した。

「よし、侍の特徴をきこうか」

ええ、と芳絵が深く顎を引いた。

四半刻後、人相書はできあがった。

若い侍である。目が細く、眉との距離があまりない。鼻筋が通り、頬骨がずいぶん角張っている。唇は上が薄く、下は分厚い。

なんとなくだが、富士太郎は、これはあまり身分の高くない侍ではないかという気がした。

「芳絵さん、それにしてもよく覚えていたね。暗かっただろうに」

「私、必死だったの」

芳絵が目をぎらつかせていった。その目だけを見ていると、とても三千石の旗本の姫とは思えない。いっぱしの剣客のようだ。

「私、こいつだけは決して忘れるものかって、歯を食いしばって思ったの。だって、房興さんに当て身を食らわして、かどわかした男なのよ。私、許さないわ。ほんと、できるなら叩っ斬りたかった」

芳絵が目に涙を浮かべた。こぼれ落ちそうになるのを、必死にこらえている。

この娘は、と富士太郎は覚った。房興さんに惚れているのかもしれないね。

診療所にいても、これ以上できることはなく、富士太郎は珠吉とともに員弁兜太を捜しはじめた。

侍たちと一緒ということは、やつは武家屋敷にいるのか。

それはどこなのか。

だが、残念ながら富士太郎たちには見当もつかない。

人相書を手に、いろいろと聞きまわった。だが、人相書の侍を知っている者にはぶつからなかった。なにも収穫がないまま、富士太郎と珠吉は夕暮れを迎えてしまった。

「旦那、どうしますかい」

珠吉がきく。

「珠吉、疲れたかい」

こういうきき方をすると、疲れてなんかいませんぜ、と珠吉は必ず返してくるから、いっても仕方ないのだが、今日に限っては、富士太郎はその言葉をききたかった。

「いえ、疲れてなんかいませんぜ」

「うん、おいらもさ」

富士太郎は暮れゆく町を見渡した。

「この江戸のどこかに、房興さまはいらっしゃるんだよ。員弁兜太はこそこそ隠れていやがんだよ」

「必ず居場所を突きとめてやりやしょう」

「ああ、必ずさ」

力強くいったものの、さてどうするか、というと、考えがまったくまとまらない。疲れているのは認めたくないが、こうまで頭が働かないのは、疲労が積もっているからだろう。

そのとき、富士太郎たちの前に駆け寄ってきた者があった。若い男である。

「ああ、樺山の旦那。捜しましたよ」

荒い息を吐き、肩を上下させている。

「おまえさんは誰だい」

「えっ、あっしのこと、ご存じないんですかい」

「ああ、ごめんよ」

「さいですかい」

若者が悲しそうにする。

「あっしは音羽町八丁目の自身番に使われている者で、仁太《じんた》っていいます」

「それで仁太、そんなに急いで、なにかあったのかい」

「ええ、御番所のほうから知らせがありました。なんでも垂《た》れ込《こ》みがあったそうですよ」

「垂れ込みっていうと」

「池袋村に員弁兜太が根城《ねじろ》にしていた家がありましたね。あの家の持ち主が他にも家を持っていやしてね。その家が怪しいという垂れ込みですよ」

「怪しいってどういうことかな。あの家の持ち主のことは調べたけど、しろだっていうことになったはずだよ」

滅多に行くことのない空き家を、兜太たちに勝手に使われていたのである。富士太郎はそのいい分を信じた。それは珠吉も同じで、持ち主の言葉に嘘はありませんぜ、と太鼓判《たいこばん》を押したのである。

それなのに、別の家が怪しいという。信じられないというように珠吉が首を振る。それは富士太郎も同様だった。

「とにかく垂れ込みがあったので、そちらに向かうようにとの命ですよ。そこに員弁兜太らしい男がひそんでいるかもしれぬので、まずは確かめるようにってことですよ」

「なんだって」

富士太郎は跳びあがりそうになった。珠吉も嘘だろう、という顔をしている。

「垂れ込みによれば、池袋村の家の持ち主の妾宅にひそんでいるようですよ」

「えっ、あの持ち主に妾《めかけ》がいるのかい」

家の持ち主はもう八十をすぎている。

「いえ、以前、妾宅として使っていた家だそうですよ。とっくにお妾は亡くなって、そちらも空き家になっているとのことです」

場所は雑司ヶ谷村とのことだ。

「ここからなら近いね。ところで、どの筋からの垂れ込みだい」

「いえ、それはあっしも知りません」

「そうかい」

なんとなく釈然としないものを感じつつ、富士太郎と珠吉は足を運ぶことにした。

「ああ、そうだ。ついでといっちゃあなんだけど、土井家の上屋敷に使いをしてくれないかい」

「ええ、お安い御用ですが」

「剣術指南役に湯瀬直之進さんという人がいるんだけど、雑司ヶ谷村のその妾宅まで連れてきてほしいんだ」

「はい、承知いたしました。土井さまの上屋敷というと、大名小路でしたよね」

「ああ、そうだよ」

「では、行ってきます」

気軽にいって男が走りだした。もうもうと砂煙を上げてゆく。あっという間に、雑踏に姿を消した。

富士太郎と珠吉は、雑司ヶ谷村に向かって歩きだした。

「兜太だけど、いるかねえ」

「あっしはいないような気がしますねえ。いくらなんでも同じ持ち主の家に、またひそむなんて、考えられませんよ」

「でも、うっかり見落としそうなところではあるね」

「まあ、さいですね」

二人はそんなことを語り合いながら、歩を進めた。

妾宅も深い林に囲まれていた。

屋根が樹間に見えている。じき日が暮れようとしており、風がずいぶんと冷たかった。

「ああいうところが、あの持ち主の好みなんだね」

「ええ、そのようですね」

富士太郎たちは、妾宅近くの地蔵堂の陰に身をひそめている。

「それにしても、いったい全体、誰の垂れ込みかね」

「ええ、あっしも気になっているんですけど、見当もつきませんよ」

「そうだよね」

珠吉が富士太郎を見やる。

「旦那、どうしやすかい。員弁兜太がいるとして、あっしらが気配を嗅ぎに行ったら、すぐに覚られてしまいますぜ」

「そうだよねえ」

思案のしどころというやつだ。

そのとき、林から誰かが出てくる気配があった。富士太郎たちはさっと地蔵堂の陰に身を寄せた。

あっ、と声が出そうになった。林から出てきたのは、隻眼の男だった。悠々と歩いてきて道に出ると、大きく伸びをした。気持ちよさそうに日暮れを眺めている。一つあくびをすると、ゆっくりと家に戻っていった。

「いたね、珠吉」

ささやき声で富士太郎はいった。

「ええ、まちがいありませんよ。員弁兜太ですよ。隻眼でしたねえ」

「こうなりゃ、あとは直之進さんを待つだけだね」

「旦那、員弁がいるってことを御番所に知らせなくてもいいんですかい」

「知らせるなら、珠吉に行ってもらうことになるけど、いいのかい」

「いえ、あっしはここで是非とも湯瀬さまをお待ちしたいですねえ。湯瀬さまが員弁兜太をぶちのめすところを目の当たりにしたいですよ」

「そうだろう。それに、町奉行所の者が応援に来たところで、員弁兜太が相手じゃあ、どうにもならないからね」

うなずいて珠吉が林をにらみつける。

「残念ですけど、それはあっしらにもいえることですね。じれったいですけど、ここは湯瀬さまを待つしか手がありやせんね」

六

直之進は駆けに駆けた。

和四郎も一緒である。

直之進は信じられなかった。こんなに早く兜太の根城が割れるなど、なにかのまちがいではないかという気がしないでもない。だが、行かないわけにはいかない。

知らせに来てくれた音羽町八丁目の自身番の若者は疲れていないはずがないが、そんな顔は一切見せない。一所懸命に足を運んで、直之進たちを先導してくれている。

途中、日がとっぷりと暮れ、若者が提灯に灯を入れた。

足をとめたのはそれだけで、直之進たちは一気に雑司ヶ谷村にたどりついた。

「多分あそこですよ」

若者が、一町ほど先のこんもりとした林を指さす。林は闇のなかに、丸いかたまりのように見えている。

「わかった。そなたはここまででよい。かたじけなかった」

直之進は礼をいい、駄賃を渡した。

「いえ、けっこうですよ。仕事ですから」

「そういうな」

直之進はおひねりを若者の手に握らせた。

「ありがとうございます」

「礼をいうのはこっちのほうだ」

「提灯はいりますかい」

「いや、いらぬ」

「さいですかい。では、あっしはこれで失礼します」

提灯が遠ざかってゆく。直之進は和四郎にうなずきかけ、林に向かって歩きはじめた。

途中、地蔵堂のところで人の気配を感じた。

「富士太郎さんか」

「直之進さん」

うれしそうにいって、富士太郎と珠吉が道に出てきた。闇のなかでも、富士太郎の顔が上気しているのがわかった。

「いますよ、直之進さん」

「まことか」

「ええ、この目でやつの姿を見ましたから、まちがいありません」

珠吉も大きく顎を動かした。

「房興さまは」

「いえ、見ていません」

「そうか」

林のなかの家で気配がした。それを直之進は、はっきりと感じた。家に目を向けた。

林から人を背負った男が出てきた。員弁兜太だった。背中にいるのは房興ではないか。

直之進は刀を抜いた。

「員弁兜太っ」

叫びざま走り寄って前途を阻む。

「おう、また会ったたな」

兜太が余裕の声を発する。

「ちょっと重いな」

兜太が背中の人間をおろす。その者はひらりと地面に立った。房興ではなかった。どうやら兜太の配下らしい。

配下は兜太に向かって一礼すると、闇に身を投じた。兜太をそこに残して走り去ったのである。兜太の助太刀をする気もないのだ。兜太の腕に対する絶大な信頼を見たような気がした。

なるほどな、と直之進は思った。俺はどうやら誘われたようだ。

こんな手を使うなど、兜太は本気で俺を殺すつもりでいるようだ。

――望むところだ。

直之進は、佐之助と仁埜丞の仇を討つ気でいる。真っ向勝負はむしろありがたい。これまでだって二度戦い、二度とも負けてはいない。二度目はやつの着物をすぱりとやった。

これが三度目の正直である。今度こそ必ず倒す。手も打った。

「富士太郎さん、珠吉」

直之進は兜太に目を当てたままいった。

「よいか、決して手をだすな。もし俺が殺られたときは、仇を討とうなどと思うな。とにかく逃げてくれ。逃げて、生き延びればこやつを捕える機会は必ずやってくる」

「安心しろ」

にやりと笑って兜太がいい放つ。隻眼が不気味に光る。

「わしにはこの者どもを殺す気はない」

「川藤どのをだまし討ちにした男の言葉が信じられるか」

直之進は吐き捨てるようにいった。

「なんだ、あの娘にでもきいたのか」

その通りだった。芳絵から仁埜丞と兜太の対決の様子を詳しくきいた。

直之進は刀を上段に持ちあげた。

「和四郎どの」

背後にいる和四郎に呼びかけた。

「頼むぞ」

「はい、おまかせください」

「なんだ、その男に助太刀を頼むつもりなのか。きさま、一対一の勝負を望んでいるのではないのか」

「望んでいるさ」

兜太との距離は二間ばかり。地を蹴って直之進は突っこんだ。

刀を振りおろそうとして、いきなり兜太の姿が闇にかき消えた。

最初から姿が闇に溶ける剣を遣ってきた。

姿が見えないとはいっても、刀の後ろにやつは必ずいるのだ。刀さえ見失わなければ、なんとかなる。

だが、兜太は確かに本気で直之進を殺そうとしていた。これまでと斬撃の鋭さが格段にちがった。

上段から振りおろされた一撃目をなんとか受けとめたとき、直之進はわずかに右足が流れた。それだけ強烈な一撃だった。

次に刀が胴に振られた。これも受けとめたが、力士の張り手を食らったかのように直之進はうしろに弾き飛ばされた。

たたらを踏み、体勢をととのえようとしたが、その間は与えられなかった。三撃目がやってきたのだ。下からの振りあげだった。これもかろうじてかわしたが、直之進は防戦一方に追いこまれた。

兜太の刀を受けるだけで、精一杯である。すさまじい速さと力強さだ。この者と戦い、仁埜丞は相手の目を潰したのである。仁埜丞の強さが知れるというものだ。

直之進には、兜太の刀の動きが見えている。見えているうちは、やられはしない。これは、仁埜丞の薫陶《くんとう》のおかげだろう。

だが、そうはいうものの、いずれ見えなくなるかもしれない。もっと兜太が刀の速さを増してくることも考えられる。

直之進は攻勢に移りたい。だが移れない。歯がゆくてならない。

いや、待て。今は我慢のときだ。きっと移れるときがくる。それを待つのだ。

直之進は自らにいいきかせて、兜太の斬撃を受けとめ続けた。

息が切れてきた。

喉が渇いてきた。

腕が重くなってきた。

足がだるくなってきた。

腰が痛くなってきた。

こちらが苦しいときは向こうも苦しいのだ。歯を嚙み締めて直之進は兜太の斬撃に耐えた。

相変わらず兜太の姿は見えない。闇のなかに入ったきりだ。

いったいどういう術を使っているのか。これは柳生の秘剣なのか。それとも、兜太独自の工夫によるものなのか。

ふと、直之進はこんなことを考えている自分に気づいた。余裕とまではいわないものの、少しは慣れてきた証ではないか。

攻勢に出るときが近づきつつあるのかもしれぬ。

今は雌伏《しふく》のときだ。

兜太の斬撃の威力が少し弱まってきている。

まちがいないか、直之進は確かめた。

まちがいない。

こちらを誘う罠ではないのか。

これもちがうようだ。

耳を澄ませると、自分の息づかい以外に呼吸の音が混じるようになってきている。

やつも相当苦しいのだ。それはそうだろう。これまでに真剣を何百回も振っているのだから。稽古で木刀を振るより、実戦で真剣を振るほうが何十倍も疲れる。

刀の速さも前ほどではなくなってきた。

ここまで弱れば、よいのではないか。直之進はついに機会がきたことを知った。

「和四郎どの」

近くではらはらしつつ直之進の戦いを見守っているはずの和四郎を呼んだ。返事はなかったが、代わりに、かちかちと火打金に火打ち石を打ちつける音がきこえてきた。

「行きますっ」

和四郎の声がきこえ、さっと明かりが闇を照らしだした。和四郎が龕灯を向けたのである。

明るさの輪のなかに、兜太の姿が浮かんだ。直之進はこの機を逃さずに思い切り踏みこみ、左手一本に握り替えた刀を、体をねじりざま、思い切り下から振りあげた。兜太が仁埜丞を傷つけたのと同じ刃筋である。

「うおっ」

兜太の左胸を斬り裂いたはずだったが、わずかによけられた。脇腹に小さな傷を与えただけに終わったようだ。

だが、兜太に与えた衝撃は小さくなかったようだ。

直之進から距離を取った兜太がいまいましげに唇を噛み、じっと見据えてきた。直之進は跳びかかった。

だが、兜太はそれにかまわず、体をひるがえした。闇に消えるつもりだ。

「和四郎どの」

和四郎が龕灯を当て、兜太の姿を浮かびあがらせた。左の脇腹を手で押さえている。血が滴っているようだ。

追いつける。

倒せる。

直之進は走り出した。

不意に、くるりと兜太が振り返った。同時に刀を投げつけてきた。直之進ではなく、狙いは和四郎だった。

直之進は、しまったと思った。龕灯がいきなり上を向いた。和四郎が地面に転がったのだ。

まさか――。

やられてしまったのか。

直之進は兜太を追おうとして、どうするか迷った。結局、足をとめた。それからきびすを返して、和四郎のもとに駆けつけた。

「和四郎どの」

「ああ、湯瀬さま」

「大丈夫か」

「はい、なんとか」

和四郎が上体を起こした。

「刀が龕灯を貫きましたよ。ああ、驚きました。――あっ、やつは」

「逃げられた」

「すみません」

和四郎がうなだれる。

「和四郎どののせいではないさ。俺の未熟さゆえだ」

やつが投げつけた刀をはねあげることができれば、得物をなくした兜太を捕らえることはそうむずかしくはなかっただろう。

直之進は、またも兜太を取り逃がしたことを悔やんだ。

富士太郎たちとともに、兜太が潜んでいた家の中を捜索してみたが、房興の姿を見つけることが出来なかった。

くそう。直之進は歯嚙みした。

そう遠くない将来に、再び兜太と相まみえるのはまちがいない。

そのときは必ず殺す。

そして房興さまを無事に取り返す。

房興さま、と呼びかけた。それまで無事でいてくだされ。

七

夢を見ていた。

真興はそれが夢だとわかっていた。それだけ、眠りが浅いということだろう。

気持ちよく飛ばしていた。馬の背で、心地よい風を浴びていた真興は、木陰に小さな小袖らしいものを見た。

――危ないっ。

手綱《たづな》を思いきり引いた。蝶を追いかけてきたらしい女の子が、ふらふらと目の前に出てきたのである。

正直、間に合わぬと思った。だが、真興はあきらめなかった。思い切り力をこめて、必死に手綱を引き続けた。

馬はとまってくれたものの、驚いて棹立《さおだ》ちになった。

真興はなんとか御《ぎょ》そうとしたが、馬は暴れだし、手が手綱から離れてしまった。そのまま地面に叩きつけられた。

頭のうしろをひどく打ったのは覚えているが、その後の記憶はまったくない。目覚めたとき最初に目にしたのは、御典医筆頭の応円《おうえん》の坊主頭だった。

いま思うと、ずいぶん昔のことのように感じられる。その一方、つい昨日のことのようにも思える。

真興は目をあけた。

揺れはひどい。急がせているから、無理もない。

真興はいま駕籠に揺られている最中である。

本当は馬で行きたかったが、頭に負った傷がまだ怖い。遠駆けならともかく、江戸まで三十里はあるのだ。

筆頭家老の大橋民部《おおはしみんぶ》も、無理をしても殿の御身になにかございますれば、元も子もありませぬ、と直言してきた。

弟の危急のときだ、かまっていられぬという気持ちはあったが、こちらが倒れてしまったら、確かに意味はない。とにかく無事に江戸に着くことが先決である。

弟をこの手に取り戻さなければならない。その一心で駕籠に揺られている。

いったい誰がどんな目的で房興をかどわかしたのか。

どんな者が相手だろうと、真興は八つ裂きにしてやるつもりでいる。

江戸に出て、陣頭指揮を執ることを決意していた。

房興を江戸に出さねばよかったか。だが、こんなことになるなど、誰が予期できよう。

真興は懐を探り、文を取りだした。目を落とす。

文には『肝胃八王心』を江戸で大々的に売り出したいのだが、いかがでしょうか、という意味のことが記されていた。それと、かどわかされそうになったことも、合わせて書かれていた。

この文をもらったとき、真興は返事をすぐに書いた。同時に早馬を出し、上屋敷から人数を房興のもとに出張らせるように命じた。

だが、明らかに後手にまわった。なにしろ、文をもらったのはおとといなのだ。

房興は六日限りの飛脚を頼んだようだが、実際には、八日ほどかかってしまったようだ。

だが、そのことを後悔しても、もはやはじまらない。

真興は目を閉じ、駕籠の揺れに身をまかせた。今できることは、一刻も早く江戸にたどり着くこと、まさにそれしかなかった。

この作品は双葉文庫のために書き下ろされました。

双葉文庫

す-08-21

口入屋用心棒《くちいれやようじんぼう》

闇隠《やみがく》れの刃《やいば》

2011年12月18日　第1刷発行
2024年 4月22日　第5刷発行

【著者】
鈴木英治《すずきえいじ》
©Eiji Suzuki 2011
【発行者】
箕浦克史
【発行所】
株式会社双葉社
〒162-8540 東京都新宿区東五軒町3番28号
［電話］03-5261-4818(営業部)　03-5261-4868(編集部)
www.futabasha.co.jp (双葉社の書籍・コミックが買えます)
【印刷所】
株式会社新藤慶昌堂
【製本所】
株式会社若林製本工場
【カバー印刷】
株式会社久栄社
【フォーマット・デザイン】
日下潤一

落丁・乱丁の場合は送料双葉社負担でお取り替えいたします。「製作部」宛にお送りください。ただし、古書店で購入したものについてはお取り替えできません。［電話］03-5261-4822（製作部）

定価はカバーに表示してあります。本書のコピー、スキャン、デジタル化等の無断複製・転載は著作権法上での例外を除き禁じられています。本書を代行業者等の第三者に依頼してスキャンやデジタル化することは、たとえ個人や家庭内での利用でも著作権法違反です。

ISBN978-4-575-66535-2 C0193
Printed in Japan

鈴木英治

口入屋用心棒1

逃げ水の坂

長編時代小説〈書き下ろし〉

仔細あって木刀しか遣わない浪人、湯瀬直之進は、江戸小日向の口入屋・米田屋光右衛門の用心棒として雇われる。好評シリーズ第一弾。

鈴木英治

口入屋用心棒2

匂い袋の宵

長編時代小説〈書き下ろし〉

湯瀬直之進が口入屋の米田屋光右衛門から請けた仕事は、元旗本の将棋の相手をすることだったが……。好評シリーズ第二弾。

鈴木英治

口入屋用心棒3

鹿威《ししおど》しの夢

長編時代小説〈書き下ろし〉

探し当てた妻千勢から出奔の理由を知らされた直之進は、事件の鍵を握る殺し屋、倉田佐之助の行方を追うが……。好評シリーズ第三弾。

鈴木英治

口入屋用心棒4

夕焼けの甍《いらか》

長編時代小説〈書き下ろし〉

佐之助の行方を追う直之進は、事件の背景にある藩内の勢力争いの真相を探る。折りしも沼里城主が危篤に陥り……。好評シリーズ第四弾。

鈴木英治

口入屋用心棒5

春風《はるかぜ》の太刀

長編時代小説〈書き下ろし〉

深手を負った直之進の傷もようやく癒えはじめた折りも折り、米田屋の長女おあきの亭主甚八が事件に巻き込まれる。好評シリーズ第五弾。

鈴木英治

口入屋用心棒6

仇討ちの朝

長編時代小説〈書き下ろし〉

倅の祥吉を連れておあきが実家の米田屋に戻った。そんな最中、千勢が勤める料亭・料永に不吉な影が忍び寄る。好評シリーズ第六弾。

鈴木英治

口入屋用心棒7

野良犬の夏

長編時代小説〈書き下ろし〉

湯瀬直之進は米の安売りの黒幕・島丘伸之丞を追う的場屋登兵衛の用心棒として、田端の別邸に泊まり込むが……。好評シリーズ第七弾。

鈴木英治
口入屋用心棒8
手向けの花
長編時代小説〈書き下ろし〉

殺し屋・土崎周蔵の手にかかり斬殺された中西道場一門の無念をはらすため、湯瀬直之進は復讐を誓う……。好評シリーズ第八弾。

鈴木英治
口入屋用心棒9
赤富士の空
長編時代小説〈書き下ろし〉

人殺しの廉で南町奉行所定廻り同心・樺山富士太郎が捕縛された。直之進と中間の珠吉は事の真相を探ろうと動き出す。好評シリーズ第九弾。

鈴木英治
口入屋用心棒10
雨上《あめあが》りの宮《みや》
長編時代小説〈書き下ろし〉

死んだ緒加屋増左衛門の素性を確かめるため、探索を開始した湯瀬直之進。次第に明らかになっていく腐米汚職の実態。好評シリーズ第十弾。

鈴木英治
口入屋用心棒11
旅立ちの橋
長編時代小説〈書き下ろし〉

腐米汚職の黒幕堀田備中守を追詰めようと策を練る直之進は、長く病床に伏していた沼里藩主誠興から使いを受ける。好評シリーズ第十一弾。

鈴木英治
口入屋用心棒12
待伏せの渓《たに》
長編時代小説〈書き下ろし〉

堀田備中守の魔の手が故郷沼里にのびたことを知り、江戸を旅立った湯瀬直之進。その道中、直之進を狙う罠が……。シリーズ第十二弾。

鈴木英治
口入屋用心棒13
荒南風《あらはえ》の海
長編時代小説〈書き下ろし〉

腐米汚職の真相を知る島丘伸之丞を捕えた湯瀬直之進は、海路江戸を目指していた。しかし、黒幕堀田備中守が島丘奪還を企み……。

鈴木英治
口入屋用心棒14
乳呑児《ちのみご》の瞳《め》
長編時代小説〈書き下ろし〉

品川宿で姿を消した米田屋光右衛門の行方をさがすため、界隈で探索を開始した湯瀬直之進。一方、江戸でも同じような事件が続発していた。

鈴木英治

口入屋用心棒15 腕試しの辻

長編時代小説〈書き下ろし〉

妻千勢が好意を寄せる佐之助が失踪した。複雑な思いを胸に直之進が探索を開始した矢先、千勢と暮らすお咲希がかどわかされかかる。

鈴木英治

口入屋用心棒16 裏鬼門《うらきもん》の変

長編時代小説〈書き下ろし〉

ある夜、江戸市中に大砲が撃ち込まれる事件が発生した。勘定奉行配下の淀島登兵衛から探索を依頼された湯瀬直之進を待ち受けるのは!?

鈴木英治

口入屋用心棒17 火走《ひばし》りの城

長編時代小説〈書き下ろし〉

湯瀬直之進らの探索を嘲笑うかのように放たれた一発の大砲。賊の真の目的とは？　幕府の威信をかけた戦いが遂に大詰めを迎える!

鈴木英治

口入屋用心棒18 平蜘蛛《ひらぐも》の剣

長編時代小説〈書き下ろし〉

口入屋・山形屋の用心棒となった平川琢ノ介。あるじの警護に加わって早々に手練の刺客に襲われた琢ノ介は、湯瀬直之進に助太刀を頼む。

鈴木英治

口入屋用心棒19 毒飼《どくが》いの罠

長編時代小説〈書き下ろし〉

婚姻の報告をするため、おきくを同道し故郷沼里に向かった湯瀬直之進。一方江戸では樺山富士太郎が元岡っ引殺しの探索に奔走していた。

鈴木英治

口入屋用心棒20 跡継ぎの胤《たね》

長編時代小説〈書き下ろし〉

主君又太郎危篤の報を受け、沼里へ発った湯瀬直之進。跡目をめぐり動き出した様々な思惑、直之進がお家の危機に立ち向かう。

鈴木英治

口入屋用心棒21 闇隠《やみがく》れの刃

長編時代小説〈書き下ろし〉

江戸の町に義賊と噂される窃盗団が跳梁していた。大店に忍び込んだ一味と遭遇した直之進は、賊を捕らえようと追跡を開始するが……。